龍袍怪物

正史中的那些另類皇帝

楊書銘 著

披龍袍的不一定是皇帝，有可能是怪物

中國歷史上有這樣一群人：

他們荒誕無厘頭。有的為了一隻甲魚羞辱大臣，招致殺身之禍；有的與宦官打得火熱，讓其養兒育女，還親切地稱呼他們為父母大人；有的開辦「賣官所」，明碼標價買賣官職，並且有完善的售後服務；有的為了殺掉權臣，偷偷摸摸挖地道，打算上演天子造反的大戲；有的害怕河東獅吼，被老婆嚇成神經病；有的迷戀女人的小腳，甘心當老婆的僕人；有的熱心扮演小販城管；有的為了追求自由，一而再地逃跑，要當將軍不當皇帝。

他們淫亂無度。有的與自己的姐妹、姑媽、兒媳、生母亂倫；有的讓手下人群姦自己的姐妹，並把發情的動物送到自己老婆的床上；有的從天下搜集四萬美女，據為己有；有的讓宮女們穿開襠褲；有的親自將老婆的玉體擺上朝堂，開一場別開生面的人體藝術展。

他們殘暴嗜殺。有的一天不殺人手就發癢，進而將殺人變成了日常遊戲；有的殺掉愛妾，將其頭顱藏在袖子中，把所有看見自己的人都殺掉；有的要把自己的生母賣掉，發誓要抓住自己父親的鬼魂；有的把自己的叔父放進豬圈肆意侮辱，把所有的大臣投進黃河；有的發明各種酷刑，剝皮、取膽、鐵梳子、腰斬，並現場直播親生兒子的死刑過程。

他們是天生的玩家，將玩樂天賦發展到極致。有的把大臣當靶子，舉行馬術大賽；有的在大臣的肚臍眼上畫圓圈，做為射擊的目標；有的夜裡扮演賣肉的屠夫，白天扮礦工睡大覺；有的發展鬥雞鬥狗事業，不惜花掉國庫裡所有的銀子。

他們愛好古怪，身負特殊才能，為了兼職工作，不惜荒廢帝王事業。有的是優秀的演員，親自登臺唱戲，不怕被同行打耳光；有的是詞曲創作者，親自創作亡國之音；有的喜歡旅遊，成為了自助旅行先驅；有的是優秀運動員，自封為馬球狀元；有的是大文豪、大和尚、大道士，為了提高自身的造詣，或者捨身廟門，一而再地讓大臣贖身；或者在皇宮設立道場，煉丹求仙；或者日夜苦讀，大敵當前不忘賦詩吟詞。

他們出身獨特，身披龍袍，卻有著寒酸的身世。有的為了爭奪皇位，不惜變賣田產；有的為了復國，不得不向商人舉債；有的為了避禍，整日裝瘋賣傻，最後被宦官從糞坑裡撈了出來。

但是他們都有一個統一的稱謂，那就是——皇帝。

你也許很驚訝，甚至不相信，可是這些卻是出自正史的事實。

本書作者曾進行了一次問卷調查，80％的人都不知道這些荒唐皇帝的另類歷史。

這些龍袍怪物在自編自導自演著真實歷史的同時，還有意無意地創造了某種文化現象。你可以從中瞭解皇帝是如何用膳的？他的寢宮是什麼樣子？皇帝到底有多少個正式老婆？皇帝的老婆領多少俸祿？每月用多少化妝品？什麼人負責安排皇帝與妃子的做愛問題？皇后享有什麼特殊的性權力？為什麼婚禮中要用紅色？皇帝死為什麼叫駕崩？誰安排他的身後事？……許許多多的宮闈秘事將一一曝光。如果你喜歡歷史，喜歡鑽研文化現象，喜歡追究民族興亡，喜歡穿越時空，都會從中得到想要的東西。

正是這一幕幕瘋狂怪誕的歷史大劇，才成就了荒唐天子們的「英名」，使其「名垂青史」。但這些真實的故事背後，究竟有著怎樣的心路歷程呢？難道他們是天生的怪物人選？還是有著不同尋常的成長環境？本書以詼諧幽默、搞笑滑稽的現代語言，為讀者展現一個個不為人知的故事，同時揭秘龍袍之下的種種辛酸、血腥、荒淫和暴虐，還原這些龍袍怪物的真相。

在閱讀欣賞之餘，讀者不妨羅列一個龍袍怪物排行榜，將這些另類皇帝排排名次，以示高下。

第一章 出錯了牌，輸掉了人

第二章 玩的就是心跳，怕的就是老婆

第三章 從幕後到台前，露手絕活給你看

第四章　扒著門縫看歷史，有些隱私不能說

第一章
出錯了牌，輸掉了人

一隻甲魚引發政變，鄭靈公死得其所

那是西元前605年的初夏，鄭國新任國君鄭靈公徘徊在王宮御廚外，不時地向裡頭張望著。孔子說：「君子遠庖廚。」意思就好像說像君主這樣的大人物不要去廚房，更不要親手做飯。這句話說得沒有道理，不做飯怎麼吃？讓人覺得有些莫名其妙。好在鄭靈公大可不必像後代君王一樣要為聖人之言努力苛求自己，原因很簡單，當時孔子還未出生，自然也沒有這句針對性強、頗具約束力的聖言。

不受聖言約束的鄭靈公左顧右盼，為的又是什麼？答案是今天御廚準備一隻肥美的甲魚，又稱老鱉，要為他熬一大鼎甲魚湯。瞧瞧，當時社會多麼落伍，煮飯熬湯只能用鼎。有人奇怪了，鼎怎麼可以做飯，不是用來觀賞祭祀的嗎？其實「鼎」就是古代貴族們做飯的鍋，屬於烹飪之器。人活著首先得吃飯，於是老祖宗發明了鼎，三隻腳就是鼎的灶口和支架，龐大的鼎腹下燃起熊熊火焰，鼎裡的食物就會慢慢煮熟。真不知道一鼎飯菜要煮多長時間，用多少木柴？這要是等著上班、上學、趕車、趕飛機的，還不晚了三秋。

好在鄭靈公不必遵守上班制度，一國之內他說了算，吃飯這樣的小事自然不在話下。這不，眼看著日頭西斜，鼎內已是香氣四溢，鄭靈公的口水也開始不停地在嘴裡翻騰。

鄭靈公吞口水不算什麼，這是他自己的飯菜。可是有人卻不知好歹也貪念起這鼎美味甲魚湯來。誰？兩位公子哥兒，歸生與宋。他倆都是皇親，又是國家重臣。就在鄭靈公一心渴望著享用鼎中甲魚湯時，這兩位大人物正好路過。忽然間，公子宋的食指不由自主地抖動起來。公子宋大喜，立即豎起來讓歸生觀看。歸生看一眼，不以為意，繼續邁步向前。

公子宋連忙拉住他，讓他繼續欣賞。這下歸生不耐煩了，粗聲說了一句：「你晃手指頭做什麼？」

公子宋笑意盎然，「你看清楚了，不是我晃手指，是指頭自己在動。」

歸生有些詫異，手指頭怎麼會自己動？公子宋不等他的疑問出口，便得意洋洋地吹噓起來：「我這根手指特別靈驗，每次一動，我都會吃到美味佳餚。看來今天我們有好東西吃了，你就跟著沾光吧！」

歸生信以為真，就這樣，兩人有說有笑走進王宮，原來他們正是奉命進宮的。

公子宋昂首闊步走進王宮，甲魚湯的香氣立刻撲鼻而來。他微微一笑，頗有深意地看看歸生，歸生也報以同樣神秘又叵測的眼光。他們如此這般，不過為了一頓美味的甲魚湯而已，誰知會惹怒了旁邊的一個人。誰？鄭靈公。

鄭靈公冷眼旁觀，不由得心裡泛起一絲寒意：「在我眼皮底下擠眉弄眼，想搞什麼陰謀不成？」當君主就是這麼難，對屬下的一舉一動都要多動十八回腦子，多轉一百二十圈心腸。這個活法，就一個字：累。

鄭靈公可不是心裡想想就算了的主，他當即問了一句：「你們笑什麼？」

君臣有別。公子宋雖然得意，可不會忘記這一點，聽到君主追問，趕緊繪聲繪影將事情講述一遍，末了還討好地說道：「原來國君要款待我們喝甲魚湯，怪不得我的食指會動啊！」

本來是討好之言，到了鄭靈公耳中，不知怎麼竟然變得那麼彆扭，他陰陰地說了一句：「真有那麼靈驗嗎？」說完就轉身走了。

這件事情本來到此為止，沒有什麼新鮮要素可以發掘，不就是君臣同樂，共喝一鼎甲魚湯嗎？妙就妙在鄭靈公此人實在與眾不同，不知他是有意惡作劇還是有著一套特別的為君之道，反正接下來的事情讓人跌破眼鏡，也讓歷史多了一件趣事兼慘案發生。

甲魚湯終於熬好了，鄭靈公設下酒宴，邀請朝廷大夫們一一入座。此時公子宋端坐在席位上，兩眼放光，手中舉箸，口內流涎，那神情似乎告訴在座諸位：「呵呵，我可是早就知道君主要請我們喝甲魚湯了。」

御廚端著甲魚湯上桌，開始用餐之前，自然由鄭靈公發表品湯宣言：「諸位愛卿，今天從楚國進口了一隻大鱉，是稀有的美味，寡人不想單獨享用，所以請大家一起來品嚐品嚐。」原來這隻鱉是進口貨，難怪他從早到晚都在惦記這道美味。不過要是他知道這隻鱉最終會將他送上了西天，他該不該懷疑這是楚國人的陰謀呢？

發言結束，御廚先為鄭靈公盛了一碗湯。鄭靈公端起碗，輕抿一口：「不錯、不錯，果然是難得的美味！」說完吩咐廚子為在座各位大人盛湯。

此時的公子宋眼巴巴地等著自己的湯碗遞過來，當他看見廚子來到眼前時，急忙伸手去接。

可是廚子視而不見，越過他的位子，將湯遞給了下一位大人。公子宋見此，心情刷地來了個一百八十度大轉彎，一時間不知如何是好。

再看鄭靈公，盯著一臉呆相的公子宋，從心底湧動著絲絲快意。這時候，除了公子宋之外，各位大人都在用心品嚐國君賞賜的美味。當然一邊品嚐還不忘一邊與國君交談，稱讚著甲魚湯之味美，國君之仁聖。

總之，如果將鏡頭切入兩千六百多年前的鄭國王宮，我們會看到這樣的場景：君臣圍著一大鼎邊喝邊聊，其樂融融，只是多了一個不和諧因素，那就是擁有神奇手指的公子宋。他被晾在一邊，不時還被老大用眼角瞥一下，意思很明顯：「怎麼樣？還炫耀你的食指嗎？」一瞥之下，還伴隨著其他人嘻嘻哈哈的笑聲。

公子宋如坐針氈，臉色一會兒紅一會兒白，最後都變綠了。所謂狗急跳牆，公子宋不知哪裡來的膽量，呼地起身奔向大鼎，伸出自己那根神奇的食指蘸了一下甲魚湯，然後在大家驚愕不已的目光中，舔舔手指，嘴裡嘖嘖有

聲：「好吃！」說著，揚長而去。

這下子場面全變了，鄭靈公戲弄公子宋的戲碼，被公子宋篡改成無視君主的片段，在群臣面前，自己的顏面何存？鄭靈公把筷子狠狠地摔到地上，眼裡泛起兇光。

人人都說，孩子的臉六月的天，指的是小孩子喜怒無常，哭笑不定。可是如果仔細看看鄭國王宮剛剛發生的戲碼，真得感慨鄭靈公君臣的臉，比六月的天變化還快。

臉色變化倒沒什麼，之後發生的事情可就慘了。公子宋染指大鼎後，擔心鄭靈公不放過自己，動了叛逆之心；鄭靈公對鱉湯之事耿耿於懷，總想著廢了公子宋。結果兩人大動干戈，最後鄭靈公被殺，他的弟弟取而代之，坐收漁翁之利。

鄭靈公為一鼎鱉湯惹來殺身之禍，雖說死的不怎麼光彩，但也幸好有這件事，讓他在浩瀚歷史長河中留下了身影，要不然誰還會記得有這麼一位小諸侯國的國君。

讓太監收養義子，漢順帝知恩圖報

說起漢順帝劉保，很多人也許並不熟悉，在中國數百位皇帝中，他確實沒有什麼功業值得後人紀念。不過有一件事讀者肯定有印象，那就是大名鼎鼎的三國人物曹操乃是宦官之後。為什麼宦官還有後人？這就得從這位皇帝談起。

劉保生在帝王家，父親是東漢第六位皇帝安帝。安帝也是個可憐人，十幾歲就繼承大統，沒想到卻受制於鄧太后，平日大氣都不敢出，好不容易等到太后駕崩，自己能夠掌權治理天下，卻突發疾病一命嗚呼。

這位皇帝爸爸只有一個兒子，小名保兒，也就是後來的順帝，他是妃子所生。本來一年前已立為太子，然而世事難料，安帝是個妻管嚴，皇后閻氏自己沒有兒子，看到嬪妃的兒子將來要當皇上，這口惡氣實在嚥不下去。也不知她用了什麼法術，總之老皇帝聽了她的話，竟把唯一的兒子廢了太子之位，改立為濟陰王。

劉保當年不過十歲，只能乖乖接受命運安排。一年後，安帝在巡遊的路上病死，連身後大事都沒來得及安排。隨行的閻皇后一手遮天，與弟弟閻顯密不發喪，並迎請漢室同宗劉懿當皇帝，自己以太后身分攝政。

但閻皇后卻是一個眼高手低的人，既然鐵了心自己主政，就該使點厲害手段管住眾人。可是她倒好，竟然連宮內太監的心思和行動都摸不透。

新天子劉懿自從進了皇宮就一直病懨懨的，不見好轉。轉眼間半年過去，眼看著這位新天子沒有享大位的福分，宮內有人耐不住寂寞，他就是服侍皇帝的大宦官孫程。

孫程是宦官的頭領，日夜服侍在皇帝身邊，洞察細微，看到劉懿不是個長命的主人，心裡暗暗著急：「誰立了皇帝誰就擁有權力，閻皇后那幾個兄弟原本都是酒囊飯袋，現在卻一個個成了大將軍，平日耀武揚威，不把自己看在眼中。要是劉懿死了，他們再隨便找個人當皇帝，自己不還得受他們擺布？我現在把持後宮，不如另外擁立新君，這樣天下就會掌握在我的手裡。」

想得巧不如來得巧，也不知來人洞察孫程的心事，還是碰巧了，來者正是劉保的使者，進京拜謁新君。這位使者趁公務之便專門拜會孫程，帶著傳達劉保的問候。

孫程真人不說假話，當即表達自己的想法，說了一番大義凜然的話：「濟陰王本來是先帝的嫡親骨肉，受到讒言的攻擊而遭到廢除。我看這位北鄉侯快要病死了，到時候我們裡應外合，殺了閻顯，擁立濟陰王做天子。」北鄉侯就是那位劉懿天子，孫程為了表示自己的決心，直接稱呼他在當皇帝之前的封號。

事情進展十分順利。十月份劉懿悄然死去，可憐這個孩子在皇宮受了半年罪，到死後也不知身葬何處。閻皇后故技重施，秘密封鎖消息，打算趁這個機會仔細挑選下一任天子接班人。

螳螂捕蟬黃雀在後，閻皇后自以為神不知鬼不覺，不料瞞得了大臣，瞞不過太監。孫程早就在召集十幾名太監來到德陽殿，他們義憤填膺，滿腔熱血，手握尖刀，揮手朝自己割去。啊！要歃血為盟還是……都不是，他們只是割下衣服一角，然後宣誓表決心，如若有人背叛，猶如衣角當即立斷。

孫程帶領敢死隊衝進宮中，將閻皇后的親近宦官殺了個精光。隨後用刀逼著李閏，讓他投靠自己的隊伍。李閏是資深的宦官，見多識廣，眼前形勢所迫，由不得自己，也就順水推舟，答應下來。

這孫程確實有政治頭腦，他當即與李閏一起來到濟陰王府，迎接劉保進宮當皇帝。

真是天上掉下大餡餅，當然比餡餅要實惠、有用得多，劉保在宦官們保護下進入皇宮，成為大漢王朝新一輪操盤手。他下令斬殺閻氏族人，奪回璽綬，此時可謂春風得意馬蹄輕。

心情備感舒爽的新皇帝，是個知恩圖報的大好人，對這些宦官感激涕零，立即封他們為侯。

唐朝王勃的《滕王閣序》裡說過這樣一句話：「馮唐易老，李廣難封。」馮唐和李廣何許人也？馮唐是漢文帝的一位大臣，由於他為人正直無私，勇於進諫，不徇私情，所以無時無刻遭到排擠，直到頭髮花白，還只是個郎官。李廣是漢武帝時威震匈奴的飛將軍，屢立戰功，終其一生卻未能封侯。如今孫程憑藉宦官之便，發動宮廷之亂，竟然率領多位同僚一起獲得侯爵，要是馮唐和李廣見到這個場面，不知是該憤怒還是該反省自己不懂為官的玄機？

可是如果僅僅侯爵之位就讓人心生不平的話，未免太小看了劉保的感恩情懷。現在我們都提倡感恩，感恩社會、感恩老師、感恩父母……卻不知道一千八百多年前的小皇帝劉保，實在是我們學習的超級榜樣。

劉保當了皇帝時，不過是十一歲的少年，身邊遍布有功的宦官。所謂「貧賤相交，富貴相嫉」，這句話適合所有人，也包括一人得道，雞犬升天的孫程等人。不久，一位叫張防的宦官異軍突起，與小皇帝走的親近，簡直成了心腹之臣。孫程看在眼裡急在心裡，擔心自己被取而代之。

他一面命人搜集張防的罪證，一面親自上演了一幕勸諫喜劇。他假裝神靈附身，跑到小皇帝面前上指天象，下指張防，說此人是奸臣當道，導致天象異變。最後朝著站在劉保身邊的張防大喝一聲：「小人張防，還不下來受死！」結果如何？張防嚇得丟下劉保，一溜煙跑出宮殿了。

小皇帝劉保這時才算明白當天子不易，是個苦差事，只好忍痛割愛，發配了張防。後來那幫宦官侯爺們繼續爭權奪利，為害國家，鬧得不可開交。小皇帝劉保在這場鬥爭中一年年長大，已是二十歲成年人，娶妻育子，為人為君的體會自然與前不同。

西元135年2月，本是個平常的月份，沒什麼值得大書特書的地方。可是我們的東漢皇宮內，依然很不平靜，劉保天子宣布了一道詔令：「從今以後宦官可以收養子女，並可世襲爵位。」

很明顯，歲月無情，那幫宦官侯爺們年齡大了，如此老去，王侯之位豈不白白浪費？自己的一世英名由誰來發揚光大？種種問題讓他們鬱悶不已。如果劉保有人情味的話，就該為我們這群功臣解決這些難題！

劉保不愧為天子，為天下人做出了感恩的表率，於是宦官養子的先例昭然出現。

宦官可以認領養子很快產生了明顯效果。有一位叫曹騰的宦官，積極回應皇帝號召，領養一位姓夏侯的孩子，為其取名曹嵩。曹嵩從此平步青雲，進入東漢上流社會，二十年後，生下一子，取名曹操。

如果劉保知道曹操後來挾天子以令諸侯，一定會後悔當初的決定。

再說當下，劉保還是一如既往地感恩戴德。一天，中國歷史上最大牌的天文學家張衡陪同在皇帝左右。皇帝先生忽然問了這樣一個問題：「天下人最恨的是哪類人啊？」

張衡上知天文下知地理，是中國五千年來難得的人才，對於時下政治洞悉於心。可是他有膽量指責宦官侯爺們嗎？只見他還沒有回話，皇帝身邊的宦官已經迫不及待地遞出一個個眼色，有的威脅、有的制止、有的不可捉摸。為張衡老先生設身處地想一想，此刻猶如置身鬼門關，看到一個個厲鬼朝自己眨眼睛。人到底是怕鬼的，張衡違背良心，胡亂應答，而後嚇得終日惴惴不安。為何？那幫宦官侯爺們不會放過任何人，唯恐哪天皇帝興致突發，再去追問張衡「天下人最恨什麼人」一類無聊的問題。

結果，張衡發明的測震儀被禁止推行，他本人也成為了當時最大的邪教頭子。

張衡在地震學領域具有傑出的貢獻，其代表作是震爍古今的候風地動儀的發明。

認宦官做父母，漢靈帝呼爹叫娘

如果有人想知道東漢時期最吃香的職業是什麼，翻開史書你會得到答案：宦官。漢靈帝劉宏曾經說過一句名言：「張常侍是我父，趙常侍是我母。」張、趙二人是靈帝的宦官，分別叫張讓、趙忠，都是歷史上有名的大太監。連皇帝都對他們呼爹叫娘，這樣的職業難道還不吃香嗎？

劉宏天子依賴宦官執政，是出了名的，是鐵了心的，是讓天下士人喪了氣的。在他十一歲時，桓帝劉志以三十六歲「高齡」駕崩，沒有留下一子半嗣。三十六歲在東漢皇帝中屬高齡無疑，不信你可以從東漢章帝開始算起，以後的皇帝大多是少年甚至幼兒天子，超過三十歲的少之又少。

小孩子當皇帝，很早又死了，沒有留下直系接班人。一而再再而三，真為東漢人出了難題：到底該選擇誰做新天子？東漢人著急，具體表現在兩種人身上，一是外戚，一是宦官。小皇帝在位時，最親近的就是這兩種人，這兩種人也最容易從小皇帝那裡得到權勢。桓帝劉志撒手西去後，他的皇后老婆不得不大費周章，從宗室中選擇新天子。

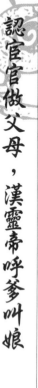

選來選去，橄欖枝落到劉宏頭上，這位原生在河間、長在河間，至今沒有任何封號的男孩子，乃是章帝玄孫，父親與桓帝是堂兄弟，也就是說，他是已故皇帝的堂姪。說起來雖然拗口，可是在宗法制度的社會裡，按照血緣關係，他也可以繼承大統。

從此，我們的主角劉宏被動地捲入滾滾歷史潮流中，開始上演一幕幕令人啼笑皆非、為人津津樂道的滑稽故事。

桓帝的皇后姓竇，選擇劉巨集的目的很明顯，此人年少，地位又低，讓他當皇帝，自己就可以臨朝執政。這位竇氏的計畫一一實現，而且她還是位政治能人，一時間將朝政治理得井井有條，並重用了很多賢人能士。不料卻觸怒了另一夥人——宦官老爺們，此時的宦官早已不是後宮中打雜的僕人，他們參與朝政，操縱天子，比起許多朝廷大臣都有過之而無不及。歷史經驗告訴我們，一旦某種人群形成勢力，就很難對付。東漢的宦官就是這樣一群人，他們拉幫結派，形成很牢固的政治聯盟。

宦官中有位叫曹節的，想當初他帶人迎請劉宏進京，何等氣派恢宏，本以為藉此可以提升地位，拉近與新君的關係。沒想到新天子是傀儡，竇太后不僅不買自己的帳，還處處壓制自己。他越想越氣，越氣越急，恰在此時，一些不自量力的大臣竟然提議削減宦官隊伍，壓縮開支，真是不想讓這些人活了。

一怒之下戰火起，可憐漢靈帝懵懵懂懂，毫不知情，被幾位心腹宦官騙出宮去。接著，他們手握寶劍，發動了宮廷政變，奪了玉璽，撤了竇太后的職，殺了那些抱持反對意見的朝廷大臣。其中一位宦官踢著大臣們的屍體說：「該死的老鬼，看你還削減我的俸祿不！」言下之意，你又不是老闆，為什麼扣我工資？我的老闆聽我的。

老闆在哪？漢靈帝目瞪口呆地看著宦官們殺人奪權，早已嚇得魂飛魄散。這位來自小地方的小皇帝進宮以來，只見過竇太后發號施令，不料轉眼間人去樓空，被宦官們趕下臺。回想一下，自己這等卑賤出身，還不說完就完。說不定哪天有人動了歪心思，想殺自己，另外找個人當皇帝，反正漢室宗親遍及全國各地。

這次政變的直接結果是宦官們重新掌權，而且權力極大；間接結果是漢靈帝從此心理脆弱，唯恐有人冷不防一刀結束了自己。人害怕的時候就要找靠山，就要找人保護自己。找誰？宦官們迎著困難而上，自動擔當起保護重任。不僅如此，他們還時常營造政變氣氛，今天慌慌張張地說：「不好了，某某將軍造反了！」明天又神經兮兮地喊：「壞了，某某皇親要政變了！」總之，謀反、叛逆之聲不絕於靈帝之耳，持續不斷地刺激他那顆小小的、可憐的心臟。

終於有一天，曹節親自上場，他有模有樣地上奏摺，彈劾十幾名大臣結黨營私，請求殺掉他們。

「結黨？」漢靈帝好生奇怪，這是個什麼罪名？

曹節解釋：「就是黨人。」

漢靈帝依舊是一頭霧水，不過再問好像顯得自己太笨了，還是問點別的：「黨人做了什麼壞事？」

「勾結營私，圖謀不軌。」這罪名夠大的，曹節一副胸有成竹的樣子。可是他萬萬沒想到，自己的老闆會問出這麼一句：「他們想圖謀什麼不軌的事情？」曹節一個愣神，想了想說：「他們想奪權當皇帝！」漢靈帝這才張大了嘴巴，心想自己哪裡招惹他們了，竟想要我的命。至此，曹節不用再多解釋，轉眼間這十幾名朝廷大臣人頭落地。

原來有那麼多人想要自己的命，多虧這些宦官即時調查才倖免於難。從此，漢靈帝越來越害怕朝臣和宗親，越來越倚重身邊的宦官。可是有些人就是不能理解皇帝的難處，不與皇帝合拍，殺了第一批黨人，還引來了更多人的憤慨。以竇武等人為首的「三君」，以李膺、荀翌、杜密等人為首的「八俊」，以郭泰、范滂、尹勳等人為首的「八顧」，前仆後繼，大有與宦官不共戴天的架勢。這些士大夫的「酸腐之語」，傳到宦官們耳中，氣得他們牙根直痛，「這幫不知死活的窮書生，還嫌死得不多，好，就再成全你們一次！」

從西元172年開始，大批黨人、太學生被捕，四年後，凡是黨人的門生、親人、朋友、族親無一倖免，全部遭到禁錮。這時，曹大宦官已經升天，不過後者居上，以張讓為首的十常侍上稟天子：「皇上，這下您就放心，黨人被一網打盡了。」常侍是宦官中權勢最大的職位，負責管理皇帝文件、代表皇帝發表詔書。漢初，常侍只有四人，靈帝因為備感宦官之重要，增加到十二人，他們是遺臭萬年的張讓、趙忠、夏惲、郭勝、孫璋、畢嵐、粟嵩、段珪、高望、張恭、韓悝、宋典。

再看我們的劉宏皇帝，已是年滿二十歲風華正茂的大好青年，聽罷此言，長舒一口氣，高高興興地說：「這都是你們的功勞！」宦官不僅為皇帝除掉忠義之臣，還慫恿他賣官鬻爵，開辦史上第一所賣官所，荒淫靡爛，過著醉生夢死的日子。

由此可見，沒有這些宦官，漢靈帝哪能過上這樣的「幸福」生活，更不可能在歷史上留下如此多的「光輝」事蹟。漢靈帝實在太感激這些宦官了，以致於對人說出了「張常侍是我父，趙常侍是我母」的千古名言。

為何不吃肉糜，晉惠帝的白癡之語

這位皇帝傻得可愛，傻得有名，傻得常常被人記起。此人就是晉惠帝司馬衷是也。西元290年，司馬炎病死，司馬衷接班當皇帝。在此之前，就有人注意到這位接班人頭腦不清，就好心地對司馬炎說：「陛下，微臣以為太子性情太隨和了，將來恐怕不能控制朝臣。」沒有哪位父親願意聽別人說自己的兒子是傻子，更不要說是皇帝了，因此勸諫者委婉地指出司馬衷「性情隨和」。

老皇帝司馬炎精明過人，一下子就聽出其中深意，不過他也想：「從我的爺爺司馬懿，到我的父親司馬昭，再到我，哪個不是比別人多幾個心眼，就憑這一點，後代也不可能是傻子啊！」可是他又一想，「這個兒子從小到大的表現確實有些與眾不同，要說傻，除了不愛讀書，別的方面還可以；要說不傻，言談舉止又有些奇怪。對了，不是有『大智若愚』、『大器晚成』這樣的說法嗎？說不定我的兒子就屬於這種類型！」想到這裡，他頓感眼前放光，當即擬好幾道題目，

晉武帝司馬炎。

派人送到太子那裡，以此來考考自己的兒子。

司馬衷接到試題，眼睛瞪得更大了，他平日不讀書、不看經，大字不識幾個，試卷的內容都看不懂，如何作答？難道就這樣斷送掉自己的大好前程？司馬衷不可能想這麼多，但他的太太賈南風卻是這麼想的。賈南風聰明又果斷，立刻明白皇帝的意思，悄悄地找了幾位有學識的人，回答好了試題，並逼著丈夫一字一句抄寫完整。試卷交上去後，司馬炎樂得眉開眼笑：「誰說我的兒子是傻子？你們瞧瞧，他很有才華。」

司馬衷就這樣糊裡糊塗地被老爹和老婆逼上了皇位。但司馬衷卻依然我行我素，癡迷於自己喜歡的事情。自己已經待在宮中三十一年，每天看到人來人往，也不知道他們都在做什麼，好像每個人都心事重重的樣子。特別是上了大殿，本來大家聚在一起，可以開心地玩樂，可是那些大臣一個個穿戴整齊，神情威嚴，不言不笑，垂頭頓首，真讓人不舒服。司馬衷雖然傻，卻傻得有情趣，他不願將大好時光浪費在這些庸俗的公務上，因此常常趴到宮牆上聽外面的動靜。

宮牆外有一個池塘，夏天來臨，每天從早到晚青蛙們都在快樂地叫嚷，「呱呱」之聲此起彼落，甚是動聽。司馬衷最喜歡這些叫聲，每到雨後天晴，他都會趴在宮牆上許久許久，不肯輕易離去。

有一天，司馬衷聽得興起，忽然轉頭看著身邊的太監和侍從們，口齒清楚地問了一句：「青蛙的叫聲，是為公還是為私啊？」

這一問，輪到侍從們傻眼了，他們作夢都想不出青蛙的叫聲還有公私之分，這個皇帝大人怎麼如此搞怪，提出這樣奇怪的問題呢？可是皇帝一言九鼎，他的問題怎能不回答。其中一人急中生智，站出來怯生生地回答：「稟告皇上，公家的青蛙叫是為公，私家的青蛙叫是為私。」哈哈，這可比腦筋急轉彎有趣多了。

「哦，原來如此。」司馬衷點點頭，一副恍然狀。侍從們這下更暈了，緊皺的眉頭唰地舒展開，差點就笑出聲來。普天之下，哪是公家的青蛙哪是私家的青蛙？牠們又是如何為公為私叫喚的？仔細想來，幽默到黑色極點。

如果讀者以為這件事足以說明司馬衷的腦子有問題，還為時過早。又有一天，司馬衷端坐朝堂之上，忽然從外面跌跌撞撞跑進來幾位大臣，他們舉止失措，神色慌張，本來天子就不怎麼喜歡這些大臣，不過今天見他們與往常有異，倒覺得好玩，於是探著身子等他們說話。

為首的大臣帶著哭腔開了口：「萬歲，連年災荒，老百姓連飯都沒得吃了，請盡早想辦法救濟災民。」

司馬衷一聽這話，好不開心，在他當皇帝這段時間，也許這是聽得最明白的一句話了。平日大臣們之乎者也，咬文嚼字，好像故意跟自己過不去一樣，根本沒有這位皇帝大人插話的機會。今天聽到這句簡單明瞭的話，司馬衷自然是開心極了。更讓他興奮的是，問題如此簡單，大臣們竟然慌張成這個樣子，看來關鍵時刻還得我親自出馬啊！

實際上，司馬衷沒來得及想這些複雜的事情，不過眨眼的工夫，他就說出一句流傳史冊的名言：「為何不吃肉糜？」意思是老百姓沒有飯吃了，他們為什麼不喝肉湯呢？嗚呼，皇帝大人一言既出，滿堂驚愕，有些人的眼珠子差點砸到腳趾頭上。然而，我們的皇帝大人十分認真，一臉真誠，正等著大臣們誇獎自己。說來也是，司馬衷平時吃糧食也吃肉，既然糧食沒了，吃肉不就解決問題了。我已經為老百姓解決難題，大臣們誇我幾句還是應當的。

司馬衷不明白為什麼大臣們如此驚愕，看著自己就像看外星人。當然他不知道外星人是什麼，不過以他的智慧，到死也沒有弄清楚自己的提議有何錯誤。

皇帝大人沒弄清楚，皇后大人卻瞭若指掌，賈南風女士對丈夫的智商一清二楚，對她來說，皇帝丈夫就是自己的傀儡。可是不遂她願的是，她沒有生育孩子，太子是司馬衷小老婆生的，如果想大權獨攬，必須先除掉太子。

於是，賈南風女士下毒害死了太子。她本以為高枕無憂了，哪想到，經過她一番折騰，皇帝是個白癡的事情天下盡知。尤其是各路藩王，都是司馬宗親，眼看著傻子當天子，被婦人玩弄於股掌，慾望之心怦然大動。於是乎，八王之亂上演，大家紛紛搶著當皇帝。

司馬衷被這些王爺搶來奪去，廢了又立，立了又廢，好一番折騰。這時候就看出傻子的好處來，儘管天下大亂，江山不保，可是對司馬衷來說，每天有吃有喝，不用操心，豈不是比做皇帝還自在。

為此，司馬衷一直活得很快活，可是那八位王爺呢？打打殺殺，死了七位，只留下一個東海王司馬越。司馬越操控政權，見司馬衷實在是爛泥扶不上牆，不由得大怒：「這樣子活下去，還不把我也熬死了！」他皺皺眉頭，派人為司馬衷送去幾張大餅。

大餅進肚，司馬衷頓時痛得哭叫連天，哀號不止。這可能是他四十八年來經歷的最痛苦時刻，好在時間不長，他就永遠地閉上眼睛，不用再做那個令他討厭的白癡天子了。

造反的故事屢見不鮮，為了推翻暴君，透過造反爭取權利，過上好日子，是人人都可以理解的事情。可是皇帝也要造反，為的又是什麼？東魏孝靜帝元善見就為我們上演了一齣經典好戲。

此戲劇的開始部分是這樣的：元善見很小的時候，皇帝爸爸被權臣高歡所害，自己糊裡糊塗接班當了新皇帝。高歡既然害死老皇帝，自然不把小皇帝放在眼裡，一國大事完全由他自己決斷。元善見也從不干涉高歡執政，兩人相處倒算平安。

漸漸地，元善見成長為文武雙全、一表人才的大好青年，高歡也在此時恰到好處地歸天。照理說，元善見正好可以順理成章地接管朝政。可是別忘了，你元善見可以接班當皇帝，人家高歡的兒子也可以接他的班，繼續做大丞相、大將軍。高歡的兒子高澄順利接班，成為新一任執政大臣。

戲劇發展到此，矛盾開始出現。高澄年輕力壯，遇到風華正茂的元善見，心中自然與老爹不同，他擔心這位皇帝不聽自己擺布，奪了自己的權。為了駕馭皇帝，唯一的辦法就是不把皇帝當皇帝，時時刻刻刁難他，讓他看自己的臉色行事。

一個陽光燦爛、秋風送爽的日子，高澄忽然邀請元善見外出打獵。元善見十分高興，如同臣僚趕赴皇帝的約會一樣，立即騎馬前往。

在狩獵的時候，元善見一時興起，快馬飛奔，這時從後面突然跑過來幾匹良馬，上面端坐幾位侍衛，威風凜凜地向他喊道：「不要騎得那麼快，大將軍會生氣的。」

元善見眉頭都不敢皺一下，只好讓馬放慢腳步，垂頭喪氣的樣子宛如一隻落湯雞。不遠處，高澄騎著高頭大馬，文官武將猶如眾星拱月將他圍在中間，正與高采烈地議論行獵之事。

過了一會兒，高澄與元善見一起喝酒，所謂酒多誤事，這句話彷彿是為元善見準備的。喝著喝著，他有些把持不住，竟然對著高澄自稱為朕。自秦始皇開始，「朕」成為皇帝的專用詞，自我稱呼，究其深意，似乎表明皇帝貴為天子，與眾不同。實際上，「朕」這個詞在以前是通用詞，「我」的意思，什麼人都可以用，比較隨便。

高澄聽後滿臉怒色，張口罵道：「朕，朕，朕，狗腳朕！」罵完還不消氣，揮手招呼黃門侍郎崔季舒，讓他狠狠地教訓元善見。崔季舒上前就是三拳，打得元善見鼻青臉腫，眼冒金星，一下子醒過酒來，心裡叫苦不迭：「哎呀呀，在他面前，我算哪門子的朕，這不是自討苦吃嗎？」

想來有趣，這件事要是讓「朕」的特殊使用者秦始皇知道了，不知他會有何感觸？

馬騎快了，就要受到警告；酒喝多了，就要挨罵遭打。拓跋珪當年的雄姿，拓跋宏昔日的風采，隨著北魏皇權的旁落，如今已是蕩然無存。俗話說，吃了苦的人一般會長記性，元善見也是，他覺得自己不能再忍受下去，應該想個辦法除掉高澄這個大惡魔。元善見畢竟做了十幾年皇帝，身邊還是有幾個幫手，這些人聽了皇帝的想法，先是嚇得戰戰兢兢，繼而想到高澄為非作歹，獨攬朝政，確實壞到極點，除掉他是為民除害，為君分憂，於是乎一個個情緒高漲，一副大義凜然的氣概。

氣概有了，沒有辦法也不行，高澄不會被氣概氣死。元善見帶領自己的智囊團日夜研究分析，可是他們既無人敢與高澄正面交鋒，也沒有膽量背後刺殺高澄，怎麼辦？最終有位聰明人想出一個空前絕後的妙計：挖條地道通往高澄的府邸，確切地說，通到他的床底下。這樣等到半夜三更，高澄熟睡時，我們就可以從地道而出，斬殺高澄於睡夢中，真正做到了神不知鬼不覺。

元善見聽到這個辦法，帶頭拍手叫好，他伸出大拇指說：「此乃有勇有謀的絕佳計謀！」可見，我們的元善見皇帝只是不怕睡夢中的高澄。

計策出爐，下一步工作就是付諸行動。如此一來，以元善見為首的挖地道工程隊正式成立，工程人員從皇宮大內開始，偷偷摸摸地進入工作狀態。

從皇宮一直挖到高澄府邸，雖然距離不算太遠，但工作一旦轉入地下，立刻繁重起來。工程隊白天黑夜地挖呀挖，眼看著就要挖到皇宮大門口了，事情突然出現變化。

幾位守衛皇宮大門的士兵閒得無聊，忽然聽到地下有動靜，仔細聽聽，動靜還不小，於是向高澄做了彙報。

至此，戲劇進入高潮階段。高澄帶人前來，抓到挖地道的人，很快瞭解到事情的真相：原來皇帝想造反，還採取了這等隱蔽手段。他找到元善見，指著他大罵：「你為什麼要造反？我們父子對國家有功，是大功臣，哪裡對不起你？」

事情敗露，元善見自知難逃一死，反而勇氣陡升，一臉正氣地回答：「自古以來，只聽說臣子反叛君王，沒聽說君王反叛臣子。你自己要謀反，又何必指責我呢？殺了你，社稷就會安定；不殺，國家就會滅亡。我已將生死置之度外，你要殺就殺吧！」

高澄沒想到元善見如此大膽地將事情抖落明白，於是仔細琢磨著，要是殺了皇帝，好像也沒什麼理由，更沒什麼好處。總不至於對天下人說：「皇帝要造反，所以殺了他。」再說，殺了皇帝，還要立個新的，也挺麻煩，不見得比元善見更聽話。元善見與自己作對，不過是挖個地道，如果地道真挖通了，他們怎麼可能準確地知道我的寢室在哪呢？就算挖到寢室，難道我的人全都是死人，聽不到動靜？這些人的做法想想都好笑。

權衡之後，高澄放過了元善見，不過這位傀儡皇帝也為自己可愛的造反舉動付出了代價。天保二年（西元551年）十二月，高澄的弟弟高洋設宴款待元善見時，偷偷在杯中下了毒，元善見沒有防備，結果中毒而死。隨後，他的三個兒子也被高洋殺害。

十一歲即位，二十七歲禪位，二十八歲被殺，東魏孝靜帝就這樣在悲憤中走完了屈辱的一生。他活著的時候，被人稱為「癡人」，罵為「狗腳」，指責「謀反」；死後，這些遭遇竟然還要白紙黑字的載入正史。與漢獻帝劉協、宣統帝溥儀等人相比，東魏孝靜帝元善見堪稱中國歷史上最屈辱的傀儡皇帝。

馬術也可以這樣表演，南朝宋少帝的另類發明

不怕皇帝把弄權術，就怕玩樂有天賦。說起南朝宋少帝劉義符，十八歲就接班，當上萬人仰慕、粉絲遍野，人稱萬歲爺的小皇帝。可是這個萬歲爺是出了名的玩家，除了朝政，還真沒有他不會玩的。什麼馬術、劍道、彈琴奏樂，根本不在話下，人家玩的馬術可不像奧運會馬術比賽那樣簡單老土，騎在馬上蹦蹦跳跳就算了，人家玩的是藝術，是快樂的品味。

每當烈日當空或夕陽西下的時候，都會有一個人騎在馬上在遊樂場裡馳騁，你可千萬別以為那是個孤獨的騎士，孤獨到人生無常，垂頭喪氣。不信你就聽那一聲呼哨，立刻就會衝出一大隊人馬來，他們就是劉義符管轄的馬術隊，而那個被圍在中間、先前擺著pose的人，當然就是風流倜儻的小劉天子了。瞎玩人人會，玩出花樣才有味。你接著看劉天子馬術隊的馬術表演，那才叫大開眼界、別開生面。

第一個上場的當然是少帝了。只見其他隊員退後幾步，一匹匹高頭大馬一字排開，那種氣勢絕非一般的儀仗隊可比。這時就會有一干人等被押上來，要問是什麼人？小偷？土匪？殺人犯？江洋大盜？你猜錯了，扣十分。這些人還真沒有外人，都是和少帝平時接觸最多，最親近的大臣官吏。他們犯了什麼罪？莫須有，也不需要有，誰讓他們平時喜歡以老師自居，動不動就對少帝語重心長一番，愛多嘴，提意見，有事沒事嘮嘮叨叨惹得少帝好不心煩。

這裡有人奇怪了，少帝帶著馬術隊表演，押這些討厭鬼來做什麼？莫非開刀問斬？非也，少帝可不是沒有人性的主，他一心想的，就是要開導這些大臣們，讓他們陪自己玩玩，練練馬術，娛樂娛樂身心，知道什麼叫「人活一世草木一秋」，何必終日跟自己過不去呢？

再看那些有幸成為天子陪練的達官貴人們，確實沒有受到罪犯級待遇，既沒有五花大綁，倒剪雙手，也沒有被兇神惡煞的兵士們拖上場，而是一個個氣宇軒昂，閒庭信步地走進遊樂場，然後按照指示等距離排開，筆直地站在那裡。這時，也許有人會想，天子大人叫我們來欣賞馬術，是不是想拉近彼此的關係？

不管他們的心裡如何盤算，少帝按部就班地進行著自己的計畫，使個眼色，心腹人員立刻跑到大臣們面前，依次在他們的前胸後背上貼東西。什麼東西？很簡單，一塊圓形白綢布，上面印著一個大黑心。呵呵，這下倒是好看壯觀，遠遠望去，黑白分明，煞是有趣。

這個工作很簡單，也很迅速地完成了。這個時候，身背白綢黑心的大臣們似乎感到不妙，你看看我，我看看你，無言以對。在他們腦海裡，這樣的事情好像與處決罪犯有關。這個念頭冒上來，他們有些站立不穩了，怎麼？天子大人要殺我們嗎？

沒有，我們早就說了，少帝不是濫殺無辜的天子，他騎著馬在大臣們面前巡視一周，並與他們對視一眼，目光中流露出無法察覺的詭異神情，然後馬鞭輕揚，向著遊樂場盡頭去了。望著遠去的天子大人，臣子們心中的忐忑還沒有來得及放下，就見塵土飛揚，猶如從天而降一般，少帝騎著馬呼嘯著衝向他們，手起鞭響，劈啪聲如同爆竹。再看少帝已經到了遊樂場的另一邊。大臣們目瞪口呆地看著天子大人從自己身邊呼嘯而過，一個個面如死灰，心驚膽顫，過了許久才感到身上一絲疼痛，低頭一看，前胸的黑心標記不知何時碎成裂片。這是怎麼回事？反應快點的大臣終於明白，自己身上的白綢黑心，原來是少帝大人精心發明的人體靶子。

沒等所有人都明白事實狀況，少帝的飛騎轉回，呼嘯著再次穿越大臣隊列。這次，大臣們後背的黑心撕裂了，也讓所有人都清楚遊戲規則。人們不得不佩服，少帝的馬術實在高超，其速度之快，快過人的大腦，其水準之高，高出人的視力所及，真是快如閃電，迅如疾風。有這樣的天子大人，難道不值得驕傲嗎？當然值得，因為片刻之間，少帝又殺回來，上演第三輪表演。看看吧，神奇表演就是這樣進行的。少帝圍繞著大臣隊列來回轉圈，檢查黑心破裂情況，從臉上的神色來看，顯然很滿意自己的傑作。

再優秀的傑作，也是單人項目，我們知道團隊的力量是偉大的，集體的力量是無窮的，如果僅僅滿足個人成功，這是很狹隘的。少帝不愧是天子，很明白這個道理，所以這次馬術表演沒有到此結束，而是繼續進行集體項目。只見他將手一揮，馬術隊全體奮勇爭先，朝著大臣隊列蜂擁而至，就像奔湧著殺敵一樣，隨著哀嚎聲起，隊伍衝殺而去，身後倒下一大片人。

望著地上醜態百出的大臣，少帝真正開心到了極點，帶領著自己的馬術隊，就像一陣風，轉眼間不見了蹤影。

經過這一次君臣同樂，試想，還有哪個大臣不識大體，不知好歹，再來打擾少帝的好好娛樂，天天開心呢？耳邊沒有臣子的聒噪，少帝可以盡情發揮創新才能，將玩樂本領推向一個又一個高點。當所有能玩的玩法都玩過了，當大家都覺得再也沒什麼好玩的時候，少帝又有了新的創意。他選好皇宮御苑的幾個大水池，讓人把一艘遊船改造成拖船模樣，備好拖船的繩子，只等華燈初上，開市買賣。

吃過了晚飯，少帝帶領大隊太監、宮女，來到御苑的水池旁，把太監分成兩隊，分別在兩個水池的旁邊擺攤設點，開市買賣，這可真是一個超級夜市，燈火通明，貨物充足，人聲鼎沸，煞是熱鬧。

少帝從這邊購買齊備貨物，裝上拖船，然後令宮女們脫去上衣，腰間只圍一尺白布。也是，誰見過大熱天縴夫拉縴穿衣服的？別看少帝年紀小，卻見多識廣，博學多才。少帝一聲令下，站在岸上的宮女「縴夫」們，齊聲喊著口號，拉著拖船開始向另一大水池進發。看著宮女費勁地拉縴，少帝覺得不過癮，又吩咐幾個太監扮成鬼怪模樣，從水裡冒出嚇唬岸上拉縴的宮女們。她們還以為遇到了索馬力亞海盜，只聽一陣驚呼，「縴夫」們亂成一團，場面又是一個混亂。

當然，「海盜」是無法戰勝天子的，拖船最終還是被拖到對岸大水池裡，少帝此時是擁有一船貨物的商人，費盡辛苦轉運貨物，自然要開張買賣，賺取利潤。貨物一到岸，顧客湧上來，不管宮女還是太監，都爭著搶著買東西，很快就搶購一空。看著生意如此紅火，少帝格外高興，趕緊繼續採辦，運回去銷售。這叫來回不空手，省去運費錢，少帝真是天生「跑馬幫」的人才。

就這樣，在雜亂和熱鬧中，天色漸漸發亮，少帝也賺足了利潤，挖到人生第一桶金。想賺錢，辛苦是難免，少帝也不例外，他的眼皮打架，不聽使喚了，也罷，有錢了還怕什麼，於是少帝倒頭在拖船裡呼呼睡去。

眼看日上三竿，那些老臣少吏、大小同僚們開始工作，來到朝堂等著少帝開金口講真經，授課解惑，卻怎麼也想不到少帝貪睡罷工了，等了半晌也沒見到他的影子。皇帝不當家，臣子造了反，他們聯名到皇太后那裡遊行示威，要求罷免少帝。皇太后看到大夥的反應，也沒有辦法，只好聽從群眾的意見。可憐，這時候的少帝還心無雜念地躺在拖船上睡大覺，怎麼也想不到那些良心壞掉了的傢伙，竟讓自己的皇帝美夢，成了一枕黃粱。

欲掘父墳洩私憤，南朝宋廢帝捉鬼偏遇鬼

劉子業小時候不是一盞省油的燈，調皮搗蛋、頑劣異常，與父親眼中老實的乖孩子形象相差十萬八千里。做父親的當然看不慣兒子這副德行，因而對他的管教特別嚴厲。雖然劉子業不是品學兼優的好學生，豈不聞學好數、理、化，不如有個好父親，誰讓他父親是皇帝呢？而且很早就一命嗚呼了，這讓他撿了個大便宜。十六歲那年，劉子業繼承了皇位。

看著父親一死去，劉子業樂壞了，第一個想法就是，總算搬掉了這塊絆腳石，看誰還敢騎在老子的頭上隨意大小便。當然，出於面子考量，劉子業還是老老實實、體體面面地埋葬了他的父親。

可是埋了父親的遺體後，劉子業躺在床上，回憶起不幸的童年，不知怎麼就越想越氣，他想：「這個食古不化的糟老頭，讓我吃了那麼多的苦頭，身心備受摧殘，為什麼沒有人替我鳴冤呢？現在好了，不用他人伸張正義，我是天下第一，自己就可以鳴冤了！」想到這裡，他一骨碌爬起來，吆喝了一幫子太監哥兒們，扛起鎬頭鐵鍬，向父親的墳頭浩浩蕩蕩殺奔而去。

這是要做什麼？原來劉子業親自帶領人馬趕到父親的墓地，準備挖開老傢伙的墳墓，拉出來狠狠扁上一頓，以解心頭之恨。不知道他有沒有讀過伍子胥的故事，此人攻佔自己的祖國，拉出故主楚王的屍體鞭打兩百下，以彰顯自己報仇雪恨的英雄氣概。如果劉子業沒有讀過這篇文章，

那麼今天所為完全屬於創新。

不管是不是創新，劉子業的舉動卻被那些王公大臣們得知。這些人嚇得屁滾尿流，慌不擇路地跑來勸阻小皇帝。劉子業一看，火氣更大了。心想：怎麼著？當初老東西當皇帝，你們都聽他的，現在他死了，我做皇帝，你們不聽我的，還跟我作對！

因此他將手一揮，喝道：「我挖墳關你們什麼事？都滾一邊去！別妨礙我工作。」

眼看著一場挖掘活動就要現場直播，大臣們急中生智，集體說道：「陛下啊！不是我們不讓你挖墳，而是這座墳頭是您的寶座，您要挖了，可不利於自己坐天下。」

聽說對自己不利，劉子業轉動腦袋，立刻停止手頭上的工作。他想了想問：「有什麼不利？」

大臣們輪流上前為劉子業上課，什麼祖宗基業，什麼江山社稷，什麼皇位永保，總之他們唐僧般的演講，終於讓劉子業不耐煩了，同時也放棄挖墳痛打老父屍體的念頭。「與其跟這幫迂腐之人耗時間，還不如找個地方玩去。」一場走進科學的挖活動就此夭折。

玩，才是劉子業最大的興趣，今天挖墳事件只是他無數玩樂中的一件。當他明白無法實現挖墳的願望時，腦筋一轉，又有了高招，帶領著哥兒們端著糞桶尿盆，在老爹的墳地上潑灑，搞得臭氣薰天，這才開心地離去。

然而這場鬧劇並沒有徹底消除劉子業對他父親的痛恨，他還是心有餘恨，怎麼辦？當他看到自己的幾位叔叔時，眼前一亮。

好啊，老傢伙死了，可是他的兄弟都活著，有句話叫「父債子還」，不對不對，他立刻否定自己，應該是「兄債弟還」，讓這些平日榮華富貴的皇叔們，為老皇帝承擔點罪過。

當然，劉子業懲罰叔叔們，必須表現出自己的創意，不能打打殺殺故技重施。他毫不費力就想到一個主意：把叔叔們關進豬圈，讓他們像豬一樣生活，吃豬食，過豬一般的日子。

將自己的叔叔們關進豬圈，給劉子業帶來極大心理滿足。其中最胖的叔叔湘東王劉彧，一眼望去，真是像極一頭豬。為此劉子業毫不吝惜為他賜名「豬王」。同時，他命令將軍劉道隆當著他和他叔叔建安王的面，強姦他的嬸嬸建安王妃，如此心理變態，不但世間少有，歷史上也無人出其右。不僅如此，劉子業還與自己的親姐姐山陰公主有染，並為了省事，授意山陰公主毒死了她的丈夫。另外，他還把自己的親姑媽新蔡公主娶為夫人，日夜侍寢。看來，劉子業一點都不虧待自己的家人。

經過一連串的動作，與父親的恩怨情仇漸漸淡出劉子業的關注焦點。況且，老是抓著一件事不放，也挺沒意思的。他準備全心投入到嶄新的生活中。此時的他沒了父親的盯梢，沒了任何人的管束，可以敞開胸懷大玩特玩了。你

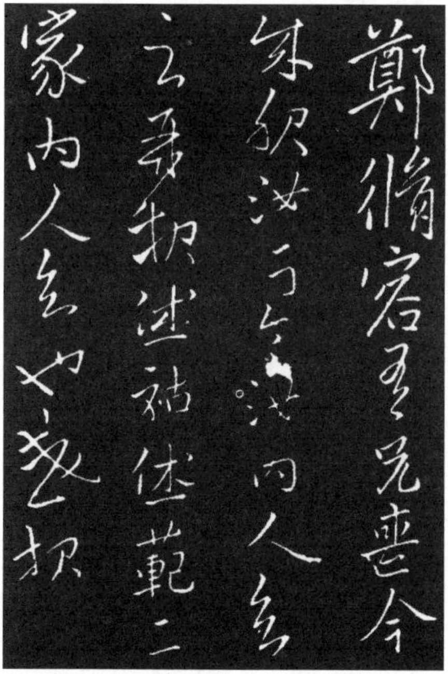

南朝宋明帝劉彧的手跡。

猜他最愛玩什麼？說出來可讓你羨慕至極了。早在一兩千年前，劉子業就天天在皇宮裡舉行脫衣舞party，而且這party的規模宏大，哪像現在有些年輕人，十個八個人就美其名說「party」一下。

劉子業有實力也有能力舉辦超規模脫衣舞party，因為除了後宮幾千佳麗是現成人選外，他還可以調度更多美女。這些美女不是別人，就是王公大臣們的妻妾、女兒，以及他們親朋好友家的女人們。你想想，皇帝一人坐擁幾千佳麗，每位王公大臣的女人也不在少數。這下好了，劉子業一聲令下，京城裡大小官員們的大小老婆、大小女兒們，齊刷刷地穿著打扮，趕赴後宮。

其實她們的打扮完全是多餘的，她們走進皇宮才發現，一場空前絕後的脫衣舞表演正在舉行。劉子業別看年齡不大，欣賞裸體美女的水準很高，他讓各位女人立刻脫掉衣服，正式加入party之中。這些女人終於明白，穿衣服來真是多此一舉，還要慌不迭地脫裙子、解鈕子，豈不是耽誤皇帝大人欣賞自己玉體的時間。

劉子業看到如此浩大的脫衣舞表演，也被深深感染，他不得不佩服自己的超級組織能力，激動之餘，他跳下寶座，加入裸體美女之中，與這個貼貼面，與那個碰碰肚皮，悠哉悠哉，忘我陶醉。

劉子業在這裡縱情歡歌，享受人間最快樂的時刻，可是那些沒了老婆和女兒的王公大臣們卻坐不住了。你想，自己的老婆和女兒被人拉去跳脫衣舞，誰還能無動於衷呢？於是皇族、貴戚、大臣，不約而同聚集在一起，商量著衝進皇宮，殺了這個另類野獸，救回自己的老婆和女兒。

這個劉子業拉人家的老婆和女兒舉行party，一次還不過癮，還把人家留在皇宮不放回去，這不是自找死路嗎？果然，一天晚上，劉子業脫衣舞玩膩了，突發其想，集合所有的老、少美女們玩驅鬼遊戲。這個遊戲也很簡單，一部分美女扮成野鬼，劉子業帶領另一部分美女裝扮成道士，開始驅鬼捉鬼。

遊戲開始，皇宮裡立即鬼哭狼嚎，群魔亂舞，劉子業整理一下衣服，抖擻精神，一個華麗的轉身，表情故作嚴肅地登壇作法，扶乩唸咒，煞有介事地到處追著捉鬼拿鬼。

一夥人正玩得興起，突然大門被撞開，一大群揮舞著刀槍的士兵喊叫著衝了進來。劉子業以為真的把鬼招引了出來，嚇得兩腿哆嗦，拼命逃往自己的寢宮，可是就算他比兔子跑的還快，還是逃脫不了大群「鬼怪」的追殺，沒逃多遠，就被那些快如疾風的「魔鬼」追上，一刀結束了他的小命。

不知道劉子業臨死前，有沒有看清「鬼怪」的真面目，他們不是別人，正是那些滿懷仇恨的大臣們。至此，劉子業經過辛勤的努力，透過優異的表現，換來一頂「廢帝」的帽子戴在頭上。他的那位豬王叔叔劉彧成為新皇帝，史稱宋明帝。

鬥雞走狗樣樣精通，齊郁林王無道失國柄

有人說，最是無情帝王家，不要以為這是刻薄皇族，嫉妒權貴，相反，這是現實經驗的真實總結。不信讓我們回到南朝齊國，去看看那位叫蕭昭業的郁林王，是如何演繹這句至理名言的。

蕭昭業出生帝王家，小小年紀的他有著冰雪聰明的腦袋，八、九歲的時候就明白了一個道理：要想無拘無束玩個痛快，就得當皇帝，當了皇帝就是天下最大的官，再也沒人能管得了，想怎麼玩就能怎麼玩。

可是要當皇帝就得討爺爺和父親的喜歡，只有他們喜歡了，才可能把皇位傳給自己。還別說，這個孩子很快就猜透了皇帝爺爺和太子父親的心思，從早到晚一副誠懇好學的樣子，知書達禮，溫文爾雅，見到他的人都認為其具備了皇位接班人的優秀素質。

皇帝爺爺和太子父親也這麼認為：「我們蕭家後繼有人！」後繼有人，這可是皇族最大的幸運，不像劉宋政權，誕生一個又一個敗類少年，要不然哪裡輪到蕭家坐天下。

在皇帝爺爺和太子父親的無限信任中，昭業迅速地長大成人，度過了裝模作樣的少年時代。此時的他雖然備受推崇，然而心裡的苦楚越來越強烈。一個人偽裝成君子，這叫偽君子。不要以為偽君子的日子很好過，他的內心是很痛苦的，何況蕭昭業區區少年，就要在自己編織的虛偽世界中生活，太不容易了。

不容易的事卻要長期堅持做下去，結果就是昭業越來越不耐煩了。特別是當他看到健壯如牛、工作一如既往的皇帝爺爺時，內心的反感就會陡然上升。

這叫什麼事，自己費盡心思巴結他們，不就是想著早一天當皇帝嗎？可是你瞧瞧，皇帝爺爺還做得好好的，別說正當黃金歲月的父親了，這樣推算下來，要熬到自己當皇帝，那真不知到哪一年的事了。

為了早做準備，他偷偷地召集那些小時候的夥伴們，組建一個秘密內閣，封官許願，答應他們自己當了皇帝就讓他們當大官，不管如何，自己先過過皇帝的癮再說。

既然有了自己的內閣，就不能閒著，也要做點實事，做出點政績。目前內閣的首要任務就是催促皇爺爺和太子父親早點去死。可是這話誰也不敢說，誰說了都是死路一條。昭業很明白，就讓人想別的辦法。他的成員為昭業帶來了一個女巫，聲稱她法術無邊，想讓誰三更死，那人絕對活不過天明。昭業聽了，高興極了。

女巫領會昭業的意思後，立刻設壇作法，口唸咒語。昭業確實聰明，他告訴女巫：「這次就讓太子父親去死，他死了，皇帝爺爺年歲大了，估計不用詛咒就會去見閻王。」由此可見，詛咒還是有講究的。昭業很清楚，父親一死，自己就會成為合法繼承人。如果將皇帝爺爺詛咒死了，問題還是很難解決，一個正當壯年的父親，什麼時候才會死是很難說。也就是說，父親才是昭業真正的攔路虎，只要他死了，他的皇帝路就不會遙遠了。

昭業小哥在女巫帶領下，經過一夜折騰，第二天他的父親就病了。這位倒楣的太子，還真是配合女巫工作，病了就臥床不起，很快就一命嗚呼。這不是擺明了彰顯女巫的本事嗎？昭業非常滿意：「既然這麼靈驗，乾脆將皇帝老鬼也詛咒死算了，省得麻煩。」

女巫領命行事，竟然又一次圓滿完成任務，皇帝爺爺也歸西了。可笑的是，這位皇帝爺爺臨死也不知道寶貝孫子的勾當，不但隆重地傳位給他，設立顧命大臣，還拉著他的手面授機宜：「你做了皇帝，前五年可以什麼事都聽大臣的，五年之後，你就自己做主吧！」這也太小看自己的孫子了，還擔心他受人擺布，卻不知道他的本事超級一流。

明朝畫家文徵明的《鬥雞圖》。

轉眼間，昭業一躍成為天子大人，正式接任皇帝工作。最讓他興奮的是，從今以後可以隨便花錢。當看著那麼多白花花的銀子，昭業忽然晴轉多雲，發起愁來了，為何？這麼多錢，可怎麼花，什麼時候才能花光？看來這些年，他被皇帝爺爺和太子父親管教得不輕，不敢輕易動用一分錢，這也是他對兩人十分不爽的原因。如今錢太多了，為此他又愁眉不展，輾轉反側，想了幾天幾夜也沒想出花錢的高招來。實在悶得不行，他只好走出宮門，到大街上散心解悶。恰巧，他看見一群人正圍在一起鬥雞，便急忙擠上前去看熱鬧，看到輸贏才幾文銀子，令他很失望，大呼不過癮。

雖然不過癮，可是這場鬥雞比賽給了他無限靈感：原來錢可以這麼花！昭業花錢的思路一下子打開，從此走上不歸路。既然是鬥雞帶給自己的靈感，就從這裡入手吧！於是乎，一場聲勢浩大、聲震全國的鬥雞比賽拉開帷幕。

昭業皇帝通知所有大臣召開緊急會議，成立鬥雞組委會，自己親自擔任組委會主任，鬥雞大賽很快緊鑼密鼓地展開。一時間，全國各路雄雞齊聚都城，到處雄雞唱和，好不熱鬧。

鬥雞大賽開始，昭業皇帝親臨現場壓陣督戰。經過十幾天的角逐，不斷有超級鬥雞湧現，凡是進入前一百名的，通通留在宮裡，成立御用雄雞隊。

看著大賽這麼成功，花錢這麼過癮，昭業皇帝的成就感驟然提升。昭業皇帝坐上娛樂界老大的交椅，深深體會到，要想將事業發揚光大，就要不斷創新。不愧是皇帝大人，出手不凡，他立即開始舉辦更高級、更大規模的賽狗大獎賽。

這一次，昭業皇帝不僅擔當組委會主任，還親自參賽，他派出大批星探，到全國各地重金求購優良賽犬，甚至不惜跋山涉水，不遠千里去國外尋求好的賽犬。又是經過十幾天的比賽，大賽終於結束，昭業皇帝親自為獲勝選手的主人頒發獎金，數額當然又是不菲。

面對這樣的業績，昭業皇帝真的可以對皇帝爺爺和太子父親說：「長江後浪推前浪，一代更比一代強，看看我這個皇帝，帶動了全國娛樂業飛速進步，你們呢？就知道省錢、省錢！活該早早去見閻王！」

昭業皇帝不遺餘力地推動娛樂事業，經過不到一年時間，終於花光了皇帝爺爺和太子父親辛苦積攢的錢財。這個時候的他沉浸在酒色之中，根本不為金錢的事情操心。一天，他坐在宮中，一邊喝酒一邊欣賞脫衣舞，還不時指指點點，加以指導。卻不料這時突然闖進幾個人，帶頭者二話不說，唠嚓一聲砍了昭業皇帝的腦袋。

你說這叫什麼事？昭業皇帝死得也太快了，連自己都不明白是怎麼回事。這都怪我們忘了交代，昭業皇帝能夠詛咒自己的爺爺和父親早死，當然不會對任何人心存善心，所以這一年來他不僅貪玩，而且荒淫暴虐，嗜殺成性，冤死鬼數不勝數。誰也不想無緣無故掉腦袋，所以大家一商議，乾脆做掉皇帝算了。就這樣，昭業皇帝的小命玩完了。蕭昭業死後被剝奪了皇帝的稱號，造反者以太后的名義廢其為郁林王。

逃跑再逃跑，明武宗如此追求自由

明武宗朱厚照是一位出了名的好人，親自建造豹房，邀請喇嘛、道士、遊俠、宮女、太監，一大堆人同住同樂，不分貴賤尊卑。他們在一起練武習兵，是道道地地的師生關係。其中臉上有一道傷疤的江彬既是朱皇帝的武術老師，也是他的陪練，兩人亦師亦友，最常見的場景是兩人各帶一支隊伍展開對攻。隊伍何來？太監和衛兵。

當年朱皇帝年方十六，正是求學上進的好年華，武藝和兵法進步飛速，以致於產生馴養老虎的念頭。然而畢竟是青春少年，再好的學習環境都有翹課的想法。

某年八月初一日，天微微亮，朱皇帝悄悄起床。

中國的歷代皇帝都睡在一個特別大的集體宿舍裡，皇帝本人睡在最裡面、最豪華的床鋪上，寢室外面有值班的宮女和太監守夜，這些人由裡向外，分層次、分級別地看護睡著的皇

明武宗朱厚照。

帝，以備皇帝夜裡所需。皇帝夜裡究竟需要什麼呢？在老百姓看來，不過起幾次夜而已，可是皇帝的事不能從一般人的角度去衡量，皇帝睡著了，依然是皇帝，依然身繫天下，因此片刻大意不得。這樣看來，皇帝雖然睡在集體宿舍，卻得到格外照顧，這是個不平等的宿舍。

回頭看我們的朱皇帝寢室，與以往不同的是，今天寢室裡還多了幾位——江彬等人。在宮女太監環立的情況下，他們只能悄悄起床，盡量不去打擾外人，看來朱皇帝的優秀素質確實很多，這叫「不擾民」。

在朱皇帝帶領下，這些人腳步輕挪，神不知鬼不覺地溜出寢室，轉眼間出了德勝門。德勝門外，不再是皇宮，想一想不用繼續躡手躡腳，不用擔心被人發現，就像離校出走的少年一樣，他們嚐到了勝利的喜悅，高興地哈哈大笑，然後拔腳狂奔。

這一奔，奔出去十幾里路。我們的朱皇帝比起現在的青少年來，身體那叫一個「棒」！徒步前行，恐怕今天的少年連想都不想。朱皇帝也是人，況且是個少年，也會累，最後也不願意走了。幸虧江彬來自民間，見多識廣，當即對皇帝說：「等著，我去雇輛馬車。」

馬車雇到了，朱皇帝坐上去，擦擦汗水，繼續談笑風生。馬車老闆瞧了瞧這幫紈絝少年，心說：「看起來都是富二代，怎麼連個坐騎都沒有？」可是他敢想不敢問，只是策馬向前，奔著昌平方向而去。

朱皇帝翹課成功，皇宮大內卻亂成一團。大臣們吃完早飯，或者乘轎或者騎馬或者步行趕來上朝，進門一看，唯一的皇帝學生不見了。這個班可怎麼上？一大群平日正襟危坐的大臣急得像熱鍋上的螞蟻，趕緊找來太監詢問。世上還真的沒有不透風的牆，朱皇帝偷偷翹課，竟也有人察覺，向大臣們做了彙報。

自從皇帝接班以來，微服外逃已不是第一次了，他常常單騎遠出，滿山遍野地亂跑。為此大臣們苦口婆心、忠言逆耳地勸導皇帝，不要貪圖玩樂，應該一心為國，這番大道理說了至少幾百遍，怎麼還是一點作用也沒有！試想一下，這些人此時此刻失敗感多麼深重。

好在都是久經考驗的人，大臣們並沒有被翹課之事氣倒，反而奮起直追，派出最有用的人才騎著最好的良馬去追皇帝。朝廷良馬日行千里，很快趕上了那輛馬車。朱皇帝看到來人，挫敗感油然升上心頭，沒好氣地說：「不回去，就是不回去。」金口玉言，來人有何良策？沒有，只好頹然地返回去報信。

朱皇帝攆走來人，心情大爽，繼續北上。他要去哪呢？馬車老闆此時也有點傻眼了，車上坐的竟然是皇帝！而且一直往北去，難道要過關去塞北？我的天，這次出門也沒跟家裡人打個招呼，他們找不到我怎麼辦？小人物就是小人物，只知記掛家事，哪有皇帝胸懷萬里的氣魄。朱皇帝確實想去塞北，因為他知道塞北居住著少數民族，他們經常前來搶掠，發動一些戰爭。自己武藝在身，兵法又好，除了夢想著養幾隻老虎，最大的心願就是能成為威震四方的大將軍。如何實現將軍夢？當然是到戰場上去。

朱皇帝懷著將軍夢來到居庸關，守關大將張欽差點嚇昏，還以為朝廷發生了什麼大變故，皇帝被迫逃亡呢。朱皇帝畢竟年少，像所有心懷理想的少年一樣，不大敢表露自己的想法，因此支支吾吾說自己想去塞北玩玩。張欽還沒有表態，大臣們派來的使者已到，意思是讓張欽無論如何攔阻皇帝，把這位翹課的少年送回去。

張欽手握寶劍，率領幾萬大軍攔在朱皇帝面前，此時，縱有天大的本領也飛不過居庸關，朱皇帝只好憋憋屈屈轉頭回京。

這次翹課失敗，讓朱皇帝學到不少經驗和教訓，回宮後他老實規矩了好幾天。大臣們暗暗高興，想著皇帝到底是皇帝，終於回心轉意了。殊不知，朱皇帝並不是善罷甘休的人，他利用這幾天時間仔細謀劃，設計一套周密的出逃計畫，又一次踏上北去的路。讓朱皇帝大感開心的是，那位不講情面的張欽恰好外出巡視不在居庸關，如此一來，誰還能阻擋皇帝前行？

朱皇帝順利過關，來到心慕已久的塞北大地，玩了個痛快，直到第二年才回京去。

儘管大臣們對此事耿耿於懷，輪番上奏摺指責皇帝。然而，他們並不知道，這次出行大大激發皇帝的將軍夢。此後，朱皇帝欽封自己為「威武大將軍」，一心一意期盼戰爭爆發。

還別說，威武大將軍戰績不俗，曾經以犧牲六百人代價，換取十六位韃靼人性命。為此朱皇帝十分高興，下詔晉升「威武大將軍」為「鎮國公」，自得其樂。為了不讓「威武大將軍」疏於兵事，朱皇帝還多次命大臣們起草詔書，讓他巡視邊境，以震懾外敵。

第二章

玩的就是心跳，怕的就是老婆

如果你不幸是北齊開國皇帝高洋的一名臣子，必須常常與他共處廟堂，就要有決心面對三件東西：殺人的鋸、煮人的鍋和皇帝的裸體。

不知從何時起，高洋喜歡裸體，全身一絲不掛，在廟堂上又跳又唱，快樂無比。皇帝大人不僅在大臣們面前赤身裸體擺pose，還將pose擺到大街上，擺到全國百姓面前，讓他們一飽眼福。

如果你以為目睹皇帝玉體是不雅之事，那就錯了，因為這比起另一件事來，要好過得多。那件事是你必須看著皇帝天天殺人。殺人是高洋的特長，為了滿足他的殺人慾望，丞相楊愔不得不發明「供御囚」這一特殊罪犯，專供皇帝殺人之需。

因為高洋太能殺人了，幾乎把身邊的人殺光了。不管大臣還是太監、宮女、嬪妃，只要該殺的人都殺了。怎麼辦？從牢房裡押來死刑犯，等到皇帝犯了殺人的癮，就拿他們開刀。

然而，殺著殺著，死刑犯也殺完了，這下大臣們為難了，無人供皇帝殺，這還得了。於是，就將犯罪待審的人提前獻上來，讓他們等著挨刀。這些人有個共同名稱——「供御囚」。

殺人殺到這個地步，可見專業水準有多高。確實，高洋殺人水準之高，絕非溢美之詞，他為了讓自己的殺人絕技傳宗接代，還親自培養太子的殺人技巧。可是太子膽小，手軟無力，手握屠刀哆哆嗦嗦，砍了幾刀腦袋都沒落地。高洋非常生氣，抽出馬鞭狂打兒子。這個可憐的孩子被嚇成了精神分裂症，總是間歇性發瘋。

高洋培訓太子沒有成功，惹了一肚子氣。又想起去調戲自己的嫂子，很簡單，哥哥主政時霸佔了自己的老婆，現在去霸佔他的老婆，這叫一報還一報。沒想到這事讓他母后知道了，指著他大罵。高洋被罵煩了，回敬一句：「我要把妳嫁給胡人！」意思是要把他母后嫁到國外去。

母后受此刺激，從此不與高洋說話。高洋後來有些反悔，親自去給母后道歉，無奈母后態度堅決，拒不理睬。高洋急了，上前一把掀起母后端坐的床榻，把母后掀翻在地，血流滿面。

高洋摔打母后之後，又跑到皇后娘家，見到岳母迎出來，抬手一箭射中她的面門。岳母驚訝得來不及痛苦，追問何故，高洋怒氣沖沖地說：「我連親娘都敢打，何況妳這個老要飯婆子！」說著，舉起馬鞭追打岳母。

將自己的家務事鬧成這樣，並沒有達到高洋的目的。他有兩位出身歌伎的寵妃——薛氏姐妹，姐姐仗著皇帝寵愛，開口為自己的老爹求官。高洋聞言大怒，不動聲色命人拿來做木匠活的鋸子，把薛姐姐綁在木板上，將其鋸成兩大截。姐姐被鋸死了，妹妹沒什麼過錯，卻也難逃厄運。原來皇帝想起薛妹妹入宮前從事的職業，聽說她曾與清河王高岳喝過酒，醋性大發，先毒死高岳，接著砍下薛妹妹的腦袋，擺下酒席宴請群臣。

群臣到場，高洋從袖子裡掏出薛妹妹的人頭，雙眼含淚，含情脈脈深情地展示給大家觀看。群臣嚇得面如土色，噤若寒蟬。卻不料高洋導演的恐怖節目剛剛開始，接下來就見他讓人抬來薛妹妹的屍體，當眾大卸八塊，並留下一塊髀骨，命人做成琵琶。

高洋十分喜歡這個髀骨琵琶，常常抱在懷裡，邊彈邊流淚：「美人啊！再也見不到了。」

施暴後宮之餘，高洋更喜歡濫殺臣僚和假想敵，就連倚重的大臣楊愔也不放過。一天，他不知何故揮舞馬鞭狂抽楊愔後背，直到鮮血淋漓。看到楊愔依然挺立，又拔出尖刀刺進他的肚子。這一連串動作讓太監目不忍睹，好說歹說高洋才拔出尖刀。可是他還是氣恨難解，吩咐下去將活生生的楊愔裝進棺材，並且釘上鐵釘，來一場送喪大戲。幸好楊愔命大，總算逃過一劫。

前朝元氏後人就沒這麼幸運了。高洋奪取了元氏的政權，對親信說過這樣的話：「你知道王莽篡位後，為什麼又被劉秀奪走江山嗎？」親信不知高洋何意，想了想回答：「王莽沒有斬草除根，所以才有劉秀這樣的漢室宗親奪權。」高洋聽罷十分高興，立即命人拘殺元氏男子，無論大小。僅僅一天，漳水上就漂著三千多具元氏男性屍體，河水都染紅了。讓百姓見識了什麼叫血流成河，更讓漳水裡的魚兒大飽口福，吃足了屍骸殘骨。

有位叫李集的大臣實在看不下去了，就婉言勸諫高洋，並在勸諫書中提到桀、紂的暴行。高洋三兩下把他綁起來扔進糞坑裡，然後提上來問：「你怎麼敢把我比成桀、紂？」意思是你不怕死嗎？李集滿身屎尿，倒也增了膽量，說話不再委婉：「把你比作桀、紂，是太看得起你了，說句實話，你連桀、紂都不如！」高洋氣急敗壞，再次將他扔進糞坑，如此反覆三次，李集回答如故。

高洋見到這番情景，忽然笑了：「哈哈，天下還有這樣的傻子，也罷，你比關龍逄、比干都厲害。」說完，放走了李集。

這個李集是一根筋，虎口脫險之後，竟然認為高洋還有改過的機會，於是又想進言。這次高洋先下手為強，不等李集開口，先給他來個腰斬，看他還提不提意見。

高洋殺人隨時隨地，從不拖泥帶水。與李集犯過類似錯誤、情節較輕的崔暹終於死了，高洋裝模作樣去悼念，看到崔暹的妻子就問：「妳老公死了，妳想不想他？」

崔太太自然會說「想」。高洋面露喜色：「既然這麼想，就去相會吧！我成全妳。」於是，手起刀落，崔太太人頭落地，咕嚕嚕滾到老公的棺材前。高洋一看，心說：「妳還挺聽話，這麼急著去見老公！真是想得美。」他抓起崔太太血淋淋的頭顱，在空中轉了一圈，扔出了牆外。

殺人是每天必不可少的活動，無愁天子的血腥遊戲

無愁天子高緯才藝突出，堪稱藝術家，這位皇帝哥兒的才藝在殺人方面表現得十分優異，可謂殺得優雅有情趣。一天，他忽然想起來自己貴為天子，卻沒有臨陣殺死過一個敵人，這樣太沒面子了。於是他發明一種叫做「御射來敵」的遊戲，下令仿建城池，讓侍衛們穿上黑色衣服，模仿羌人攻城。眼看著一批批「敵人」衝過來，高緯站立城頭，挽弓搭箭，射向這些倒楣蛋。高緯見到自己射死了「敵人」，高興得手舞足蹈。從此之後，這個遊戲天天上演，射死的侍衛成倍增加。玩得興起時，身邊的嬪妃們也為他叫好：「陛下神勇，射死了那麼多人耶！」高緯是個熱血青年，聽此讚語更加興奮，射出去的箭更多，成功率更高。

殺人遊戲不僅於此，還有更好玩的。有人向高緯告狀，說他弟弟高綽暴虐殘忍，在大街上強搶嬰兒餵狗吃。嬰兒的母親嚎啕大哭，惹得高綽大怒，將嬰兒的鮮血塗抹到婦人身上，放出一群狗去撕咬婦人。高緯聽了這段訴訟，立即兩眼放光，親自趕往弟弟的管轄地——定州。

人們滿心以為皇帝要去收拾高綽，哪料到兄弟相見，高緯劈頭就問：「這麼好玩的事，你怎麼不早告訴我一聲？快說，還有什麼好玩的嗎？」

高綽拍拍胸脯：「有！」

三天後，最令高氏兄弟開心的遊戲上演了。一個大浴缸裡放滿了蠍子和蛆，這是三天以來高

緯的成就，然後他下令把一位隨從的衣服剝光，扔進浴缸中。這人被蠍子螯得亂叫，在裡面翻滾哀號，高氏兄弟看得不亦樂乎，直到那人死去。

高緯視高綽為知音，封他做了大將軍。可是高緯的另一位弟弟高儼就沒有這麼幸運了。高儼小小年紀，卻少年老成，做事果斷，他聽說自己的母親胡太后與奸臣和士開私通，一心想除掉此人，就聯合和士開的妹夫直搗皇宮，殺了和士開。和士開是胡太后的情人，也是高緯的謀臣，多年來調教高緯即時行樂、不理國政，做得都很出色。高儼殺了和士開，最直接受損的就是胡太后和高緯，兩人哭著喊著要嚴懲高儼。

高儼嚇得躲了起來，可是躲得了一時躲不了一世，最後為母親獻上另一名男寵，請求母親保護自己。畢竟骨肉情深，胡太后出面要求高緯寬恕高儼。

高緯聽說高儼跪在宮外求饒，一溜煙跑過去先給他幾巴掌，也許看著弟弟負荊請罪的樣子好玩，想了想沒有殺他，而是把他軟禁到宮中。可是過了幾天，他又覺得不妥，表面答應放弟弟回去，等高儼走出自己的宮殿，立刻撲上來幾個人把他勒死了。高緯想想還不解恨，又命人一併除掉高儼的四個遺腹子。

要說高儼之死，還有點自食其果的味道，誰叫他殺了和士開呢？而另外兩位人物的死，真是死的比竇娥還冤。

一位叫斛律光，是高緯原配皇后的父親，也是北齊開國功臣，朝廷的擎天柱。高緯卻怎麼看他怎麼不順眼，總之就是覺得他活著就不對。一天忽然召他進宮，沒有任何理由地派人上去擊殺他。斛律光久經沙場，還能對付不了幾個內侍？可是他絲毫不動，白白受死，死得著實奇怪。

與斛律光死得同樣冤枉的還有蘭陵王高長恭，此人是高緯的叔叔，驍勇善戰，立下過赫赫戰功。而且他是中國古代著名美男之一，面容如女子般陰柔纖麗，為此打仗時喜歡戴鐵面具。這一特徵讓他聲名更震，有人還作《蘭陵王入陣曲》，極力推崇他作戰勇敢。

高緯是位作曲家，聽了《蘭陵王入陣曲》後，備受激勵，邀請高長恭前來小聚，並對他英勇善戰的事蹟深表欽羨之情。

誰都喜歡戴高帽子，高長恭也不例外，被姪子皇帝誇了幾句，不免有些忘乎所以。這時高緯說了一句：「你打仗時深入敵陣，如果失利的話後悔也來不及了。」言外之意，你想逃也逃不掉。高長恭呵呵大笑，當即回答：「家事親切，不知不覺就衝了進去。」很明顯，為我們高家自己打天下，心情急切，理所當然會衝鋒在前。不管從哪方面去分析，這句話都是表明高長恭忠貞不二之心，當皇帝的聽了理應高興。然而高緯皇帝思維與人不同，他腦子裡立刻浮現這樣的情景：高長恭竟然把天下當作自己家的事，這不是擺明了與我搶天下嗎？此番思索讓高緯冒了一身冷汗，乾脆派人給高長恭送去一瓶毒酒毒死了他。

斛律光死時，與北齊相鄰為敵的北周王朝大大開心一場，大赦境內所有犯罪。如今聽說高長恭也死了，二話不說，直接發兵前來攻打北齊。

外敵當前，高緯皇帝藝高人膽大，揮揮手根本不當回事，繼續自己的殺人遊戲。此一時彼一時，如今殺人已是他天天進行的固定活動，哪天不殺人手都發癢。尤其是高氏族人，幾乎無一倖免。前面提到的那位幸運兒高緯，不做大將軍還好，做了大將軍被人誣告謀反，高緯最恨謀反的人，立刻將其滿門抄斬。

高緯瘋狂殺虐族人、功臣，更不放過一般百姓。有一次，他讓人背著來到大街上，看到有位女子走過去，立刻派人抓住她問：「妳說說，我治理的天下如何？」

那女子倒也痛快，呸了一聲：「這樣的昏君，早晚會亡國！」

「什麼？」高緯氣得鼻子都歪了，立即讓人將其肢解。

就在高緯天天玩殺人遊戲時，北周軍隊已攻下北齊好幾座城池。高緯披褂上陣，御駕親征，自然不忘懷抱美人馮小憐。實際上馮小憐喜歡看血腥戰鬥片，故此高緯義不容辭護送美人前行。可以想像，這次戰鬥會如何進展，馮美人見到大軍一動，立刻驚呼：「我們敗了，敗了！」高緯皇帝一聽，帶著她瘋狂逃命。北齊王朝的殺人遊戲到此結束。

請你欣賞剝皮舞，前秦厲王嗜殺亂國

要說前秦厲王苻生，還比較聽從父親教誨。他接班時，老爹為他安排了八位顧命大臣，並悄悄告訴他：「他們要是不聽話，你可以逐漸地剷除他們。」

苻生上任後，果然拿這些大臣開刀，千方百計尋找殺人的理由，不出一年，八人中只剩下一位了。這位倖存者名字十分奇怪，姓魚名遵，不久國都長安忽然流傳一首童謠：「東海大魚化作龍，男皆為王女為公」，很明顯，是說姓魚的要當皇帝。這時，苻生也剛好夢到大魚吃蒲，這還得了，苻生毫不客氣下令殺死最後一位顧命大臣。

八位顧命大臣盡除，並不算什麼暴虐之極的舉動，多少還有些政治鬥爭的意味。玩政治，不是你死就是我活，當然下手要狠，這似乎不能證明苻生可以位列《龍袍怪物》的榜單。諸位不要著急，下面我們還要講述苻生不為人知的殘暴故事，讓您見識一下這位名副其實的龍袍怪物。

苻生是前秦第三任皇帝，天生獨眼龍，小時候祖父跟他開玩笑：「聽說一隻眼的人不會流淚，是真的嗎？」沒想到這個小孫子不識趣，拔出劍刺傷眼睛，頓時血流如注，回答祖父：「流血就是流淚。」可見性情多麼暴烈。

暴烈的苻生生逢亂世，自然走上職業的殺人道路，在軍隊建功立業，並以軍功受封為太子，順利接班當皇帝。

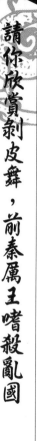

皇帝苻生以殺人為趣事，在他的朝堂上擺放著各種武器刑具，什麼刀槍劍戟、錘鉗鋸鑿，只要是可以害人的器具，一應俱全。從他登基起，一個月內殺害的人數就超過了五百人，其餘砍斷手腳、拔出肋骨，或者從肚子裡掏出胎兒的，更是數不勝數。

除去這些愛好外，苻生皇帝最與眾不同的地方在於，他喜歡剝人的臉皮。也不知道是從小殘疾受了刺激，還是其他什麼原因，這位剝了別人臉皮的皇帝，還喜歡將沒了臉皮的人聚集起來，讓他們在朝堂上跳舞。苻生皇帝則帶領臣僚們一邊欣賞，一邊飲酒作樂。實在想像不出這種舞蹈有何樂趣，看來我們凡夫俗子畢竟沒有人家皇帝的欣賞水準。

苻生皇帝不僅喜歡看「沒臉」的人跳舞，還喜歡看剝了皮的牛、馬、驢、狗、羊等牲畜跳舞，以及沒毛的雞、鴨、鵝跳舞。有人問了，這些動物也會跳舞？當然，如果你不小心穿越時空到前秦皇宮，說不定就會看到這一奇觀：一大群沒皮沒毛的禽畜聚集大殿內，痛苦地掙扎亂跳，好一幅嚇人的舞蹈圖。

這位皇帝殘暴成性，偏偏愛好徵詢意見，還不時問問左右：「天下人對我有什麼看法？」有些擅長拍馬屁的官員趕緊說：「老百姓都說您是聖明君主，賞罰分明，難得的太平世道啊！」苻皇帝一聽，勃然大怒：「你小子不安好心，以為拍馬屁就能討好我，這不是諂君媚主，貽害國家嗎？拉出去砍了！」

有了幾齣這樣的事件，當苻生皇帝再次徵求意見時，誰也不敢那樣回答了，於是就有人直言：「陛下刑罰不公。」本來這句回答並沒有充分揭露皇帝的罪惡，可是他也不能忍受：「你小子好大膽，竟敢誹謗我！」照樣拉出去砍了。

最值得人們議論的是這樣一件事，有一次苻生皇帝帶領眾臣外出，也不知所為何事，反正此行的目的早已被歷史遺忘了，而過程中發生的故事則被人們傳之久遠。路上，他們遇到一男一女，苻生發揮自己主觀臆斷的皇帝本性，對左右說：「這肯定是夫妻。」說完，又徵詢臣下看法。

臣下已被皇帝徵詢意見的做法弄得心驚膽顫了，本來完全可以隨便應承一句矇混過關，但又怕皇帝怪罪下來，莫名其妙弄丟性命，於是就有人大著膽子說了句：「也不一定，說不定是兄妹二人。」

誰料到，這句話成為了罪孽的泉源。就見苻生來了倔脾氣，吩咐人喊過那一男一女，親自詢問他們之間的關係。那二位平民百姓，看到威儀顯赫的天子，叩頭說他們是兄妹關係。苻生皇帝聽罷此言，臉色大變，就像忽然被人揭了瘡疤，受到奇恥大辱一般，咬著牙說：「你們就是夫妻！」

兩人哪知道皇帝的心思變化，給他們一百個膽子也不敢說謊，嚇得趕忙叩頭不止，再次稟明兩人確實是兄妹。

苻生皇帝喝止住他們，並且傳下一道令所有人跌破眼鏡的聖旨：讓那兩人當場交媾，以示眾人！

真是禍從天降，那對兄妹徹底傻了，跟隨皇帝的大臣侍從也徹底呆了，古往今來，恐怕這還是第一位傳下如此旨意的皇帝天子。苻生皇帝不再怠慢，強行讓人上前幫助那對兄妹脫衣交媾。兄妹兩人除了反抗，沒有其他辦法。苻生皇帝無法讓他們證明自己的判斷，當然更不願意就此承認他們的兄妹關係，一怒之下只好殺人了事。

暴虐嗜殺的人通常愛飲酒，苻生也不例外。他常常喝的酩酊大醉，一個月都不上朝理事。自顧自地喝酒取樂也就罷了，苻生皇帝還喜歡邀約大臣共飲，喜歡看到眾人共同喝醉的歡樂場面。當初，八位顧命大臣之一的辛牢還活著時，有次擔任皇帝酒宴的酒監，結果喝了半天還沒有人喝醉，苻生皇帝大怒，指著辛牢大罵：「為什麼還沒有人喝醉，你這個酒監怎麼辦事的？」說完，他拉弓搭箭，正中辛牢心臟。苻生皇帝久經沙場，箭法極準，可憐辛牢忙碌國事，最後以箭靶子身分斃命。

與辛牢一樣死得不知所以的還有太醫程延。苻生皇帝喜歡吃棗，久而久之牙齒蛀牙了。我們都聽說過囫圇吞棗的故事，講的就是這樣的事情，有人喜歡吃棗，上了年紀的人就勸他：「棗吃多了會傷害牙齒，不能吃太多了。」這個人非常聰明，立刻回答：「我以後囫圇吞棗，不用牙齒咬，就傷害不到牙齒了。」程太醫肯定看過這個故事，再說身為太醫，也應該知道這種普通的養生常識，因此看了苻生皇帝的病情後安慰他：「陛下沒什麼大病，只是棗子吃太多了，以後少吃就沒事了。」

程太醫作夢也沒有想到，這句話竟然送掉自己的性命。只見話音剛落，那位苻生皇帝暴跳如雷，厲聲斥責老程：「狗奴才，你又不是聖人，怎麼知道老子棗子吃多啦？」很簡單，我沒跟你說吃棗子的事，你怎麼會知道？肯定沒安好心！於是乎，解決問題的辦法只有一個，抽出寶刀，將程太醫攔腰砍為兩截。

攔腰截斷是古代酷刑之一，由於人體的主要臟器位於上半截，所以施刑之後人不會立刻死去，還有清醒的意識，也許此刻程太醫的上半截身子正在思考：「我好歹也是個太醫，這麼簡單的病情都看不明白，還不真成了濫竽充數？」轉念一想，「還不如濫竽充數，也不至於死得這麼慘！」然而他又想，在苻生皇帝面前，濫竽充數的後果會更可怕，總之，想來想去，自己都不會落得好結果。

程太醫一邊百迴千轉地思考，一邊看著自己鮮血淋漓的下半截身體，最終心有不甘地閉上了雙眼。

親手把兒子一家送上西天，後趙武帝虎毒食子

如果你無法理解「殺人如麻、草菅人命」這樣的話，有必要回到一千六百多年前，去欣賞一下石虎的所作所為。此人也曾稱帝，時逢十六國時期，是後趙第三任皇帝。石虎一生殺的人數不勝數，想想都讓人頭皮發麻，胸口發悶，簡直無法視他為同類。

石虎是羯族人，這個民族的首領最大的特點就是嗜殺，有點食人族的味道。他們沒有糧草，專門掠奪漢族女子為食，稱其為雙腳羊，夜裡姦淫，白天殺掉吃肉，倒也一舉兩得。

石虎做為羯族後代，幼年時窮得衣不遮體、食不果腹，被石勒的老娘收養，後來跟隨石勒投軍從戎，從此走上職業的殺人道路。他從小就愛殺人，那時候手握彈弓，瞄準人就射，打死打傷的人很多，為此也贏得了威望，可謂人見人怕。

在群雄亂世的年代，以殺人見長的石虎得到提拔，很快成為威震四方的大將軍，攻城掠地，成為石勒的左右手。石虎每每攻下城池，都將城中老老少少一律殺光，從不留情。有一次他攻下青州後，照例趕盡殺絕，有幸逃脫了七百人，為史學家們大書特書。

經過多年拼殺，石勒自己佔據了一塊地盤，當上土皇帝。他倒也是個明君，治國有方，禮賢下士，竟然創造出亂世中的奇蹟。奈何這個皇帝當了十五年就一命嗚呼了，臨終前傳位給自己的兒子石弘。石弘乃文弱之士，想到自己那位殺人不眨眼的叔叔石虎，根本不敢接這個班。

石虎自以為功高蓋世，沒想到哥哥死前把皇位傳給姪子，還聽信大臣謠言想奪了自己的兵權，這些事情讓他惱恨交加，率部趕往都城。石弘見到叔叔，嚇得渾身發抖，跪在地上請求叔叔當皇帝。石虎卻不吃這一套，逼著石弘稱帝，自己做攝政大臣。

當然，這一切只是過渡，石虎藉機剷除那些敵對勢力，特別是曾經建議石勒奪他兵權的徐光和程遐。隨後，他自稱大趙天王，將石弘囚禁起來，開始了自己更加為非作歹的生涯。

要說石虎殺人，真是罄竹難書，不過他親自將兩位兒子全家幾百口人送上西天的過程，也許更值得人們一看。虎父無犬子，石虎的長子石邃比他更殘暴和變態，見到侍女就砍下腦袋，然後擦拭乾淨收藏起來。人類有收藏的愛好，不過收藏人頭的恐怕只此一例吧！

石邃喜歡收藏女人的腦袋，石虎為他送去不少女人供他砍頭。原來石虎從民間廣徵女子，自己消費不了，就大方地送給兒子。石邃也不客氣，照單全收，然後每每與女人親熱完畢，立即砍下她的腦袋。有人會問，收藏這麼多頭顱做什麼啊？還不臭了？不會的，石邃身為大趙天王的太子，自然有辦法保鮮。他會讓人將腦袋擦拭乾淨，然後在臉上撲粉抹油，打扮一番，隨後冰鎮起來，放到亮閃閃的黃金盤子中，彷彿一件精心製作的工藝品。石邃還會把這一盤盤人頭工藝品傳給部下，讓他們逐一欣賞、評判，看看哪個好，哪個美。

除此之外，石太子還喜歡與尼姑交媾，完事後不是砍下腦袋這麼簡單了，而是將她們的肉一片片割下，與牛、羊肉混合煮熟，與部下們分享。當然，太子還很會玩，總要與眾人比試：誰能認出哪塊是人肉，哪塊是牛、羊肉？

石太子的所作所為，石虎老爹一清二楚，但他根本不當回事，認為這是英雄本色。然而石太子不滿足這些玩法，他嫉妒自己的兄弟，更想著早一天接班，於是不只殺女人，還要殺弟弟、殺老爹。

這下子石虎坐不住了，你再英雄也不能要老爹的命啊！於是先下手為強，派人殺了石邃以及他的嬪妃、兒女、幕僚共計兩百多口人。殺了他們如何處理？石虎怒氣未消，讓人準備一口特大號的棺材，正好裝下這些屍體。裝著滿滿屍體的棺材被指令一定要扔到最骯髒的地方，這件事才算過去。

石虎如此處置太子全家，也許有人覺得太過分，畢竟是自己的兒子，死都死了，為何不正常安葬？要是你有這樣的想法，那你真是太小看石虎了，他接下來會上演殺害另一位兒子石宣的戲碼，那才叫慘不忍睹。

石邃死後，石宣做了新太子。這位石宣繼承其父及兄長的風範，亦是荒淫殘暴的主，而且也以石邃為榜樣，總想做掉兄弟和老爹。當然，他的陰謀也被石虎發覺，於是照樣被抓住。石宣沒有哥哥石邃那麼幸運，也許是石虎被兒子們接連叛逆的舉動刺激發狂了，他決定採取公開式、暴露式殺人全程直播。

這天，後趙皇宮內搭建起殺人高臺，烈火熊熊，刀劍森森，各種刑具準備齊全。四周是層層疊疊的觀賞臺，前前後後坐著各級官吏大臣，最高處端坐石虎，在他周圍環繞嬪妃子女，一個個都是神情肅穆。

主犯石宣早已被老爹命人用鐵環穿透下頷骨，鎖在鐵柱上。為了羞辱他，臨死前，老爹命人用餵豬的木槽裝上糞便，迫使石宣像豬一樣吃。石虎目不轉睛地看著兒子狼狽之相，又下令上演第二項節目。取來石宣殺害弟弟石韜的刀箭，讓他伸出舌頭舔舐上面的血跡。

不過，這是石宣的舌頭最後一次為主人服務了。舔舐完畢，石虎就下令進行第三項節目：將石宣割舌頭、剜眼睛、刳腸子、斷手足。當然，這一連串動作較為複雜，而且行刑的人是石韜的親信，如今擔負為主人報仇雪恨的重任，行動起來自然更為細心，更為用力，也就更為殘忍。無法想像觀看殺人直播的觀眾都是何種感覺和心情，反正做為石宣最親近的人——老爹石虎一直面不改色，當然他下意識也是抱緊一人，那就是石宣的小兒子，他最疼愛的小孫子，從小在自己身邊長大。

等到石宣接受完酷刑，石虎讓人把他扔進烈火之中，頃刻間罪孽全部化為煙灰。石宣死了，直播還沒有結束，他的家人和同黨等待處理。石虎又一一安排他們的死法，或者車裂、或者刀砍，看起來石虎皇帝的工作量還很大，與石宣叛逆有關的近四百人都要他去處置。當然，這些人也在現場受刑而死，這場聲勢浩大的殺人直播才算沒有白白浪費精力、人力，以及石虎的用心良苦。

想想都可怕，同時殺死這麼多人，現場還不血流成河？管不了那麼多了，負責殺人的人已經紅了眼。這些屠夫殺來殺去，忽然衝到石虎面前，二話不說去搶奪他懷裡的小孫子。石虎受驚，脫口而出：「小孩子沒有罪過！」「斬草要除根！」劊子手們叫嚷道。事已至此，石虎也深受感染，覺得自己有必要做出表率之舉，於是猛然一把推出小孫子，將他當場摔死。

至此，殺人現場直播結束，石虎完成一件為後世所矚目的壯舉。

殺完兒子們，石虎的工作還要繼續，那就是接著立太子。皇帝的女人多，兒子也多，可供選擇的對象也多。然而經過兩次打擊，石虎痛哭流涕地對臣僚們說：「我恨不能灌下三斛生石灰，洗洗我的腸子。我的肚子怎麼這麼污穢，生下這麼多逆子敗類啊！」嗚呼，石虎居然自責？不過話說回來，似乎石虎的老爹更該自責，為什麼生下石虎貽害人間？

石虎學精了，他不再立年長的兒子做太子，用他的話說：「他們到了二十多歲就想著殺老子。」石虎不想被兒子殺了，怎麼辦？辦法只有一個，就是立年齡小的兒子做太子。恰好有這麼個人選，小兒子石世年方十歲。石虎堅決地立石世做太子，並且對臣僚們發表一番心得和體會：「石世才十歲，等他二十歲時，估計我已經死了，也用不著他來殺我了。」

石虎最終也沒有給兒子石世留下弒父的機會，因為半年後他就死了，接著他的兒子們為了爭奪權位大動干戈，互相殘殺，死亡殆盡。石虎的故事終於畫上句號。

裝強盜闖民宅，南朝宋後廢帝喪國亡家

你平時逛大街的時候見過成群結隊的殺人犯嗎？假如你有幸夢遊到南朝劉宋的國都，恰巧趕上劉昱當皇帝，那麼出門逛街就要小心了，說不定從哪裡冒出一位少年郎，帶領衛隊向你衝殺過來。

這位帶著衛隊在大街上殺人的少年郎大有來頭，乃是劉宋後廢帝劉昱是也。劉宋可真是首屈一指的朝代，出了兩位廢帝。此廢帝乃是前廢帝的堂兄弟，父親曾經被前廢帝封為「豬王」。豬王劉彧殺了前廢帝，自己當皇帝，並把皇位傳給兒子劉昱，沒想到又培育出來一個廢帝先生。

其實，劉彧早就看出劉昱這小子不是塊當皇帝的料，從五、六歲起就表現出異常好動的特點，特別喜歡像猴子一樣爬杆玩耍，而且性情喜怒無常，負責教導他的師傅、身邊的侍從根本拿他沒辦法。別說這些人了，就是親生父母又怎麼樣？劉彧知道兒子不爭氣，就讓他的親生母親拿棍子打他，希望棍棒之下出孝子。結果越打越壞，暴虐的種子在小劉昱的心中生根發芽。

劉昱十歲時，老爹駕崩，他做為最年長皇子順理成章接了班。這下可好，小劉昱成為胡作非為的領袖人物。當時，男子到了十八歲或者二十歲，就會行成人禮，加元服，意思是長大成人可以自己當家做主。劉昱是天子，成熟的時間自然比一般人提前，因此十四歲時就在母親和大臣們的關照下，舉行了天下最隆重的成人禮。

要說起來，當了這幾年皇帝，劉昱雖然還是那麼貪玩，那麼暴躁，可是畢竟是個孩子，內有母親管制，外有大臣經營，他能做出什麼大的壞事呢？基本沒有，最多就是殺殺身邊的太監、宮女，將後宮胡亂折騰一番，卻不能跑到宮外去殺人越貨。然而成人禮結束後，劉昱不再是個孩子，而是成年人了，從此他開始在歷史舞臺上肆無忌憚地盡情表演。

一開始，劉昱擺足了天子威儀，上朝出宮身邊儀仗隊環繞，讓他感到當皇帝的種種樂趣。不過此樂趣終歸有限，特別對於一個十四歲的頑劣少年，很快便失去了吸引力。於是，他將目光轉向宮外，那裡才是伸展拳腳的大好天地。

劉昱來到宮外，頓感呼吸順暢，心情愉悅，唯一令他不滿的是母親大人不放心，總是親自乘坐馬車監督他。劉昱可不願意做母親的乖孩子，他騎著快馬轉入荒僻小道，一溜煙不見蹤影，母親只好無奈地看著馬蹄揚起的塵土嘆息。

劉昱跑出皇宮要做什麼呢？除了四處遊逛玩樂，或者流連市井，與賣柴的、養馬的買賣交易外，他最喜歡的事情就是裝扮強盜殺人越貨。既然裝扮成強盜，就要有強盜的職業特色。我們知道，沒有幾個強盜在白天行兇，他們通常會選擇月黑風高的夜晚出沒。劉昱小皇帝出入民間，對這個行業也摸清了，於是約上身邊的公子哥兒們，一個個手持長矛、大棍，在半夜三更悄悄溜出皇宮，來到大街上行兇，他們見到什麼殺什麼，一個活口不留。

這樣的事情每天發生，人們很快知道這是天子所為，當然敢怒不敢言，只有鎖緊門戶，夜不外出，不給天子行兇的機會。這下可好，劉昱的強盜集團始終沒有業績，怎麼辦？這難不倒小皇帝，他當即決定改變強盜作業習慣，從夜晚行兇改為白天工作。於是，我們看到劉宋的國都內，大白天街上出現了殺人集團，實際上豈止是殺人，只要喘氣的活物都在他們的作業範圍內，馬牛驢、雞鴨鵝一律不剩。

皇帝行兇，老百姓除了躲避別無他法，故此大街上空無一人，格外寧靜，就像今天預防H1N1爆發的樣子。待在家中少接觸人群可以預防H1N1，卻不一定能防得了小皇帝劉昱。因為後者是強盜集團的頭子，強盜行兇作案，破門而入是常事。終於劉昱不滿足於街上殺人，開始私闖民宅。

孫勃成為名留史冊的受害者。劉昱聽說他家有的是金銀財寶，立刻兩眼發光，於是身先士卒，手持利刃衝鋒在前，帶領集團人員闖進孫家大門。孫勃死了老母，正在守喪，看到小皇帝的強盜集團前來搶劫，知道自己全家都要遭殃，乾脆撲過去與劉昱拼了，於是一記勾拳打到劉昱耳朵上，並大聲斥罵：「夏桀、商紂都不如你，看著吧！你日後定遭屠戮！」

可以想像，這是孫勃留在世間最後一句話，立刻就有人上前將其刺殺。劉昱怒氣難消，親自操刀解剖孫勃的屍體，以此解恨。

劉昱擅長解剖人體，更喜歡解剖活人的身體。他讓身邊的侍從時刻攜帶鉗、鑿、斧、鋸等器具，每天都要以幾十人為標本，施行擊腦、錐陰、剖心等各種手術，當然這些手術都是無麻醉狀態的，而且接受手術者都是被動的。一次，也是位姓孫的近臣倒楣，他口裡有股大蒜味，劉昱為了證明他吃過大蒜，決定給他實施剖腹術。劉昱命人抓住姓孫的，不讓他動彈，然後親自用尖刀劃開他的肚子，仔細檢查其中是否有大蒜頭。

劉昱進行科學探索，特別反感實驗對象面露難色，可是被人無緣無故地剖心剜腹誰能做到面不改色呢？如果劉昱瞧見了誰皺眉頭，他立即改變試驗方式，讓實驗對象立正站好，然後手持長矛親手刺穿他。

當然，劉昱這般折騰，還是有人給他提意見的，那就是他的母親。母親多次訓斥他，希望他改過從新，好好做皇帝。此一時彼一時，劉昱可不是以前的小孩子了，他現在是擁有生殺大權的天子，殺人如兒戲的強盜頭子。於是他想毒死自己的老娘，省得她一天到晚在自己耳邊聒噪。

左右人聽了勸他：「太后死了，陛下您做為孝子，必須參加那些繁瑣的喪禮儀式，這樣就沒有時間出去玩了。」小皇帝一聽，認為很有道理，總算沒有毒死親娘。

還有一次，劉昱聽左右人勸說，沒有殺掉大將軍蕭道成。一個夏日午後，蕭道成挺著名副其實的「將軍肚」，躺在家裡睡大覺，劉昱忽然帶人闖了進來。蕭道成見到小皇帝，心裡真是十五個吊桶打水——七上八下。

還好，劉昱沒有直接砍他的腦袋，只是命他站到牆角，然後取來筆墨，在他的將軍肚上畫圓圈。圓圈畫好後，蕭道成臉都白了。為何上過戰場的將軍會如此害怕？原來他發現小皇帝畫的這些圓圈，正好變成箭靶子，看來劉昱想以他的肚皮為箭靶，玩射箭遊戲。在戰場上讓敵人聞風喪膽的蕭道成此時有何良策？沒有，只是連聲說著：「老臣無罪，老臣無罪。」

這次，劉昱的手下又勸他了：「蕭將軍的肚皮是上好的箭靶，陛下您天縱英才，箭法奇準，如果一箭射死了，以後就無法玩了。不如用蒿草杆代箭，可以經常射著玩。」小皇帝也覺得有道理，就取「箭」射向蕭道成的肚臍，正中目標。劉昱興奮異常，扔下弓箭，大聲問左右：「瞧瞧，我的手法怎麼樣！」

寫到這裡你也許會奇怪，劉昱的手下人為何如此厚道，接連救了太后和蕭道成的性命？說起來這也是人的自保之舉，不要以為日夜跟隨劉昱行兇，就是他的鐵哥兒們。實際情況是，劉昱的左右常常是他解剖人體的對象，是他的試驗品，稍不留意就會招致殺身之禍。偏偏這位小皇帝喜怒不定，讓人難以捉摸，因此手下人死於非命的不計其數。某天，劉昱帶領手下外出，先是一位叫張五兒的侍從騎馬慢了，劉昱迴身就將他一矛穿透，然後劈成幾塊。接著有個叫楊玉夫的，本來挺受寵，劉昱忽然無理由地憎恨他，見他就咬牙切齒地大罵：「明天就殺了你這個小子，取出肝、肺下酒。」趕上當夜是七夕，傳說中牛郎、織女渡河相聚，他就命令楊玉夫坐在殿外看守，說如果看不見牛郎織女隔天就要砍頭，言畢自己去搭建好的氈房露營。

楊玉夫差點嚇死過去，恰在這時，有人找上門與他密謀殺掉小皇帝。誰這麼大膽？禁衛軍首領越騎校尉王敬，他日夜擔心自己說不定哪天被小皇帝不明不白地殺了，早就有了造反的想法，並與蕭道成等人都有過密謀。如今聽說了楊玉夫的事，立刻與他聯繫。楊玉夫與劉昱的其他親信一合計，認為守著這樣的主人，終日提心吊膽，生死難保，不如另尋他路，於是衝進殿內砍下了劉昱的腦袋。

劉昱的腦袋終於搬家了，結束了僅僅十五年的罪惡一生。好笑的是，當王敬等人帶著他的腦袋去見蕭道成時，蕭道成還以為小皇帝在玩把戲，因此大門緊閉不敢出去。王敬無法，就把混世魔王劉昱的腦袋扔進蕭道成家中。蕭道成做事謹慎，用清水仔細洗淨這顆滴著鮮血的腦袋，認清這就是劉昱的，才戎裝上馬出門，以重臣身分處理國家大事。

殺人取膽做藥引，酗酒嗜睡的遼穆宗命喪於廚子的菜刀之下

耶律璟在睡夢中被人擁立做了遼國第四任皇帝，因此「睡王」之稱當之無愧。這位嗜睡的皇帝還喜歡飲酒、打獵，當了近二十年皇帝，幾乎天天都沉迷於這兩件事。為了飲酒，他常常微服出宮，不僅到大臣們家中飲酒，還到市井百姓家中去飲。如果這位老兄活在今天，應該是一位出色的品酒大師和活廣告。

飲酒飲得有名，打獵也打得出色，耶律璟癡迷遊獵，出去一玩就是一個月。最拿手的當然是將兩者合而為一，邊遊獵邊飲酒，頗有遊俠氣概。

然而酒多傷身，哪怕你貴為龍體，身體也會受損，漸漸地支撐不住了。於是耶律璟想到長生不老之術，請進宮不少女巫術士，讓她們煉丹製藥。有位女巫名叫肖古，有些呼風喚雨的法術，為皇帝獻上一個長壽秘方。不過此秘方需要特殊的藥引子：男人的膽。耶律璟聽了，大手一揮：「小事，天下男人有的是，還怕少了膽？」從此，他每天殺一個人，取出他的膽下藥。

殺人也罷，取膽也好，都是為了皇帝萬歲的龍體安康，多死幾個人似乎沒什麼大不了的。可是這位耶律皇帝還喜歡設計各種酷刑，將殺人暴行轉化為快樂的遊戲。所謂殺人，取其頭顱、要其性命而已。可是耶律皇帝認為這樣太簡單了，應該讓將死之人品味各種毒刑，這樣的死法才有意義，才有看頭。為此他親自設置了射殺、燒死、砍手跺腳、敲碎牙齒、肢解、剁肉泥、折腰

脛、鐵梳子等刑罰，並常常上演觀看。

耶律璟既然喜歡遊獵，自然也很喜歡獵物，他的後宮簡直就是動物園，各種珍禽異獸應有盡有。為了照顧這些寶貝，必須聘請優秀的飼養管理人員，什麼養鹿的、養狼的，還有餵鳥的、養熊的，五花八門的人粉墨登場，成為當時皇宮一大特色。不要以為這些專業人士管理皇帝的寶貝，就可以放心大膽地享受俸祿待遇，實則恰恰相反，這些人每日心驚膽顫，唯恐一不小心惹來殺身之禍。

沒答、海里是為耶律皇帝養鹿的，他兩人盡心盡責，小心服侍，把鹿群當作自己的親爹一般，卻不料有一頭鹿忽然病了。耶律皇帝聽說後，認為兩人照顧不周，沒經思考就命令士兵把兩人肢解了。

肢解是流傳已久的酷刑之一，簡單地說就是把人體當作機器一樣拆開，卸成好幾塊，最終讓人失去生命。具體方法多種多樣，最初是卸胳膊、卸腿、卸腦袋，後來施刑者覺得太不過癮了，開始放慢肢解的過程，先卸手指、腳趾，慢慢地輪到手臂、腳踝、耳朵、鼻子，一個個零件卸完，才讓罪人嚥氣。

有人覺得這種肢解還不夠刺激，就將其發揚光大，於是有了中國古代最流行的酷刑——凌遲。就是將活人捆綁後，用刀子一片片削下他的肉，一直削到白骨嶙峋。自從凌遲發明之後，就被歷代皇帝所鍾愛，接受凌遲者大有人在，其中最有名的恐怕是袁崇煥，他被崇禎皇帝判了凌遲，用漁網捆紮起來，以使肌肉突出，便於下刀。

再看耶律皇帝，不知是心慈手軟，還是自己腦子笨，沒有發明出凌遲，總之養鹿的沒答、海里以及他們的同事一共七人，只是被肢解，而沒有被凌遲。肢解之後，零零碎碎的身體殘片讓人扔到荒郊野外。

沒答、海里七人被肢解不久，又有四十多個人觸了霉頭。這次耶律皇帝沒有發明新的酷刑，依循舊例，再次將他們肢解餵狼。

當然，耶律皇帝做為發明家，既然有那麼多酷刑專利在身，自然不會只以肢解示人，他還要展示自己的其他發明。這下，服侍他的東兒以身試酷刑了。那天萬里無雲，碧空如洗，耶律皇帝馳騁山野後盡興而歸，命人準備野味、美酒，來個不醉不休。等到野味端上來，東兒卻只顧著招呼廚子上菜，連筷子、刀叉都沒備好。眼看著皇帝大人口水都要流出來了，但還是赤手空拳，東兒慌忙去拿餐具。然而他晚走一步，耶律皇帝呼地起身，以迅雷不及掩耳之勢拔出佩刀，連連刺向東兒。一場酒宴瞬間變成了血腥屠宰場。

屠殺東兒並沒有全面展示耶律皇帝的酷刑傑作，讓他多少有些鬱悶。恰好

袁崇煥。

有人送上門來。有位虞人沙剌迭偵，負責看管皇帝的鵝，不小心弄丟了一隻，這不是擺明了找死嗎？耶律皇帝不客氣了，搬出炮烙、鐵梳子，讓他嚐鮮。

炮烙由來已久，並非耶律璟發明，不過從商紂王以後很少有人使用了。看來這是耶律璟考古發現之一，他命人燒紅銅板，將罪人放上去，慢慢燒烤。

耶律璟當然不滿足於考古發現，他還要創造。在古代，炮烙之刑會直接要了罪人的命，就是直接把他烤死完事，雖然受罪大點，畢竟是一次性。到了耶律皇帝這裡，章程改了，炮烙罪人時，要將他烤得半生不熟，留著一口氣。然後搬出鐵梳子，為罪人梳理身體。有人懷疑了：「是不是為罪人做臨死按摩？看來還挺人道的。」你要是這樣想，可以拿個鐵梳子往自己身上梳兩下，注意了，你的皮肉完好，梳兩下可能都痛得要命。再看那些烤得半熟的人體，用鐵梳子這麼一梳，皮肉就會一條條刷下來，露出白骨。

這次處置沙剌迭偵，讓人們大飽眼福，見識了耶律皇帝的酷刑專利。此後，耶律皇帝視之為法寶，動不動就拿出來處置身邊的人，特別是那些為他管理禽獸、美酒的人。說來也是，除了這兩樣，耶律皇帝基本上沒有其他嗜好，只能拿這方面的人開刀。

又是一個遊獵的好日子，耶律皇帝來到黑山，這是他近二十年來的風水寶地，多次來此。當天夜裡，這位皇帝有些累了，睡意大發，沒有吃飯倒頭大睡。睡覺也是他的最大愛好之一，睡足了才有精神遊獵。

也許是他該死，如此嗜睡的人，偏偏半夜餓了，起身找東西吃。負責皇帝飲食的侍從和廚子們跑了一整天，當然也會累，因此都已睡著，結果慢了半拍才回應。耶律皇帝勃然大怒，當即就要殺了他們。這幾個人連忙說：「等我們為陛下做好了飯，您再殺我們不遲。」耶律皇帝餓得心慌，同意了他們的請求。

這幾個人有侍從，有廚子，想說反正是死，不如來個絕地反擊。於是廚子們做好了飯菜，以送飯為名，暗藏利刃來到耶律皇帝營帳內，手起刀落，要了這位酷刑皇帝的命。消息傳出，無人不暗地叫好：「這可真是惡有惡報。」

老婆大人在上，宋光宗背上不孝的罪名

趙惇四十多歲了，當了二十多年太子，皇帝老爹宋孝宗依然健壯如故，沒有退休的意思。趙惇心裡很是著急，望著自己有些灰白的鬍鬚，心中有種說不上來的鬱悶。他的老婆李鳳娘是個厲害女人，時常催促他奪取皇位。

子奪父位，這是皇家常常上演的經典戲碼，可是趙惇沒有這個能耐，他的老爹是有名的賢君，難得的明主。李鳳娘埋怨自己的老公無能，親自為他找來染鬍鬚的藥，叫他拿著去見皇帝老爹。趙惇對老婆的吩咐向來唯命是從，不敢有任何抵觸情緒，托著一把鬍鬚對老爹說：「兒子的鬍鬚都白了，有人送來染鬍鬚的藥，我卻沒敢用。」

孝宗聽出了兒子的弦外之音，答道：「有白鬍鬚好，正好向天下顯示你的老成，要染鬚藥有什麼用！」趙惇碰了軟釘子，從此不敢再向孝宗提及此事。

沒有勸服老爹，趙惇無法向老婆交差，心情更覺不暢。李鳳娘一計不成，又找了一個機會。

宋光宗趙惇。

淳熙十四年（西元1187年）十月，太上皇高宗駕崩，孝宗悲痛欲絕。他對高宗的禪讓一直心存感激，加上自己已年逾六旬，對恢復中原也深感力不從心，因此他一改以往為先帝服喪以日代月的慣例，堅持守三年之喪，既表明他對高宗的孝心，也藉機擺脫繁瑣的政務。李鳳娘見此，立刻聯合一些朝臣，放出風聲說：「現在太上皇賓天了，皇帝應該服孝，服孝期間是不能工作的。」孝宗原本不是高宗的親兒子，又想賺得以孝治天下的美名，也就忍痛割愛，放棄皇位，讓趙惇接班。

趙惇接班後，鬍子不用染了，一時間興致高漲，大有努力作為的氣勢。無奈的是，這位新皇帝怕老婆慣了，當了天子依舊受制於老婆，並且還讓這位老婆大人弄成了精神分裂症。

李鳳娘一直憎恨自己的公公，原因就是他太能活了，耽誤了自己的皇后前程。李鳳娘如此自信也是有道理的，她出生時家中盤旋著幾隻黑鳳凰，為此取名鳳娘。算命的人說：「這個女子將來會母儀天下。」當時還沒有坐穩皇位的宋高宗聽說後，就把她許配給自己的孫子趙惇，意圖很明顯，孫子媳婦是皇后，那麼孫子就是皇帝，以此推之，兒子和我也就是天子了。

李鳳娘憑藉高宗的迷信心理進宮，多年來耀武揚威，似乎在向宋家天子們表明：你們算什麼？是我的旺夫命，讓你們沾了光。難怪宋孝宗的幾位重臣都看不下去了，對自己的主人說：「趙惇接班，我們沒意見，可是李太子妃如此霸道，恐怕將來有變。」宋孝宗不是不知道這位兒媳婦的惡劣行徑，也曾經公開申斥過她。

李鳳娘記恨在心，當了皇后，首要工作就是報復公公。她認為挑撥老公和公公的關係，不讓趙惇去看望他爹，把老頭子晾在一邊，是最好的辦法。兒子不去看他爹，這在現代人眼中不算什麼，可是同樣的事情發生在皇宮大內，情況就大大不同了。趙惇不去看望老爹，臣僚們總是拿這事說事，勸導皇帝要仁孝，要尊敬太上皇，這樣才是大家心目中的好皇帝。

做好皇帝還是好丈夫？人面臨選擇的時候總想著魚與熊掌兼而有之，然而天下哪有這樣的好事？趙惇在老婆大人和臣僚們左右夾擊下，也就是在親情與愛情左右擺弄下，漸漸神經脆弱。

日子難過就要尋找原因，趙惇雖然在老婆面前懦弱，卻不傻不癡，而且智商很高，很快發現老婆大人之所以呼風喚雨，無非是倚仗那些太監。於是，趙惇立刻想到殺掉李鳳娘的心腹太監，給她來個釜底抽薪。想的倒是不錯，無奈趙惇對老婆實在又怕又愛，結果難下決心。

趙惇下不了決心，李鳳娘卻察覺出事情端倪，他跑到老公面前大哭大鬧，一副不是你死就是我亡的陣勢。趙惇嚇壞了，經此折磨，脆弱的神經更加不堪一擊。

偏偏李鳳娘還要在趙惇脆弱的心上撒了一把鹽，讓他徹底走向絕望。那天，趙惇不知怎的心情有些好轉，就高高興興地命人端水洗臉。皇帝洗臉可不是件小事，有十幾個宮女、太監專門負責，有的準備溫水，有的負責保管毛巾，還有人會採辦一些時髦洗臉用品，大致相當於今天的洗面乳之類的護膚品，不過更天然，也更高級，什麼珍珠、牛奶、花瓣，都是宮廷常見的。但當時的皇帝只能用木盆或者銅盆洗臉，沒有今天的高級洗手間。

太監手捧洗臉盆恭恭敬敬地侍立一旁，趙惇挪步近前，早有一位宮女替他挽起衣袖。這位宮女動作輕盈，一雙白玉般的小手在趙惇眼前晃來晃去，煞是可愛。見此情景，趙惇頓生愛憐之心，不禁望著那雙小手脫口而出：「好！」

此一聲「好」乃真好，完全表達「愛美之心人皆有之」之意，別無其他。怎奈何，趙惇何其不幸，那位宮女何其不幸！第二天，趙惇照常起床洗臉，早已忘記昨日清晨的事情，哪料到此時忽有太監入內，手捧食盒，滿臉笑意地對趙惇說：「皇后娘娘命奴才送來了禮物。」

禮物？趙惇奇怪地望著食盒，感到有些莫名其妙，可是又不敢不接受皇后的好意。當食盒打開後，趙惇嚇呆了，裡面赫然放著一雙血肉模糊的纖纖玉手。

玉手慘案讓皇帝徹底失控，他心病發作，時常從睡夢中哭醒。僅僅如此也就罷了，時隔不久，李鳳娘趁趙惇出宮祭祖，命人亂棍打死了趙惇的愛妃黃氏。自從心病發作，只有這位黃氏體貼入微，失去唯一的慰藉，趙惇痛不欲生，卻不敢指責老婆大人半句。

趙惇於是賴在宗廟裡不走，也許是希望祖宗顯靈來救助自己。誰知道祖宗可能認為他太窩囊，當天夜裡狂風大作，暴雨傾盆。趙惇驚恐加刺激，終於得了精神分裂症，臥床養病。

宋孝宗得知兒子有病，很想去看望他。可是李鳳娘卻對丈夫說：「老頭子不安好心，肯定是來害你的，然後重新立皇帝，你千萬不能見他。」趙惇對老婆依舊言聽計從，至死不肯見老爹一面。

沒多久，宋孝宗鬱鬱而亡。這下趙惇該出面為老爹辦喪事了吧？可是趙惇依然不肯，視老爹的喪事為他人的事。

不為老爹辦喪事，實為大不孝，大臣韓侂胄和趙汝愚啟奏太皇太后，讓太子趙擴替父親辦喪事。當然，喪事完畢，趙擴也就順理成章地成了新皇帝，可憐的趙惇這次倒很迅速接替老爹的班，坐上了太上皇的寶座。

敢問天下男人，有幾人會死心塌地愛一個女人一輩子，況且這個女人比自己還大十七歲？恐怕大多數男人都會大眼瞪小眼，除了不以為然就是不屑一顧。在男人們心中，比自己大十七歲的女人，那是阿姨輩分的人，只可遠觀怎能近瞧，更不要說與她相親相愛。可是這個大皇帝十七歲的女人卻牢牢佔據了明憲宗朱見深的心，並且擁有他一生的寵幸，這真是讓人百思不得其解，就此說來，她倒是當之無愧的最有魅力的女人！

朱天子深深地愛著一個女人，愛得眾人不解，後世流傳，成為他的皇帝工作生涯中最讓人喜歡談論的故事。那個幸運的女人叫萬貞兒，自幼入宮，被分派到太后手底下工作。這個小丫頭聰明機靈，非常適合宮廷中的生活和鬥爭，成為太后的心腹人物。後來，她在太后的授意下，擔負起撫育皇太子的重任。

這位皇太子正是萬貞兒未來的丈夫朱見深，時年只有兩歲，牙還沒有長全，爸爸是明英宗朱祁鎮。這位老皇帝外出打仗，不小心被瓦剌抓去做了俘虜。皇帝被俘，皇太子年幼，皇帝的弟弟趁機監國，鳩佔鵲巢，把朱見深趕出宮去。

就是在這般惡劣形勢下，萬貞兒不棄不離，勇敢地保護著朱見深。當時這位女子才十九歲，擺在眼前的大道千萬條，但她選擇做朱見深的保母。

萬貞兒做保母工作，一當就是16年，從青春少女熬成了半老徐娘。從朱見深兩歲熬到他成為十八歲的少年。這段期間，被俘的英宗朱祁鎮神奇地回到北京，還神奇地發動奪門之變，又一次當上皇帝。如此折騰的結果是朱見深七歲時又恢復太子之位，恢復錦衣玉食的生活，十八歲風華正茂時接班當了皇帝。

朱見深尚未接班前，已到了娶妻納妾的年齡，為此老皇帝和皇后為他挑選幾位有經驗的宮女，前去做他的性啟蒙老師。這是自古以來皇室制度，對青春年少的小太子、小皇帝來說，性是令他緊張的問題。換句話說，他們也很容易被挑逗或者衝動，很容易與身邊的女子發生性關係。然而第一次性愛讓他們害羞，他們還不熟悉性，不能從容地與女人做愛，初次的緊張和怯弱會造成心理上陰影，讓他們對第一個性夥伴感情淡薄、無法持久眷戀。為了讓小皇帝或者未來的皇帝能夠與老婆大人和諧性愛，不至於在老婆面前手足無措、窘迫難堪，結婚前他們必須先接觸其他的女人。這些女人以身相教，不但讓他們學到技巧，還能從容度過第一關。當然，這些女人從此就躍入白領階層，每月拿到豐厚的薪水，不必再做重活、苦活，但也永遠不能成為嬪妃人選。

朱見深的爸媽自認為即時地為兒子挑選了性啟蒙老師，卻毫不知道兒子早已被人啟蒙過了。這位最佳人選就是萬貞兒保母。萬保母一手把朱見深撫養長大，兩人相依為命度過最艱難的日子，早已不是保母與主人那麼簡單了。兩人誰也離不開誰，特別是朱見深，視萬保母為自己的爹、自己的娘、自己的天、自己的地，換句話說，沒有萬保母就沒有朱見深。

在朱見深懵懂少年時，萬保母青春漸去，回望來時路，不免心中惻然，自己的大好青春還沒有被男人欣賞呢！再看看這位玉樹臨風的太子爺，忽然心頭大動，既然將青春押給了他，就一押到底吧！

畢竟年長十七歲，萬貞兒即便沒有風月經驗，也把小丈夫服侍得極好，讓朱見深這個小男人完全融化了，竟然完全沒有初次的尷尬與被動。從這一刻起，朱見深對萬保母的依戀成為永恆的神話。

朱見深當了天子，依戀萬保母如故，不把其他任何女人放在心上，包括自己年輕貌美的皇后和嬪妃們。皇后吳氏好不氣惱，自己走了太監的後門才當上皇后，沒想到進宮來竟是守活寡？她不服氣，萬貞兒不就是個保母嗎？還敢與我堂堂皇后爭男人，真是太不像話了！於是不管三七二十一，命人將萬貞兒一頓毒打。

這一打打出了兩個結果，吳皇后被朱天子打入冷宮，家人遭到貶斥；萬保母從此在明宮站穩腳跟，不是皇后卻勝似皇后，無人再敢動她一根寒毛。朱天子的老媽不明白，迫不得已問了兒子一句話：「她有什麼好看的？值得你如此愛她？」「她」自然指那位萬保母。朱天子真人不說假話，對老媽哽咽而言：「她撫摸兒子，兒子

《明憲宗元宵行樂圖》局部。

就很心安，與長得如何無關。」依戀情結昭然若揭，可惜那時人們不懂佛洛德的心理學，只知道拼命指責朱天子。

萬保母獨霸天子，要風得風、要雨得雨，並且在三十七歲高齡時產下一子。第一次做父親的朱天子高興之極，大赦天下，萬保母從此名正言順地辭去保母之職，正式加入貴妃之列。

如果這個孩子順利長大，我們大明後宮也就少了許多血腥故事。然而蒼天總是喜歡與人開玩笑，那位含著金湯匙出生、父貴母榮的孩子不幸夭折了。萬貴妃已經步入中年，幾乎再無生產的可能，這個孩子的離世差點要了她的命。

幸虧朱天子溫言暖語，總算勸住了萬貴妃。不過怪事從此發生，年紀輕輕的朱天子播下的種子再也沒有發芽。朱見深身為天子，寵愛萬貴妃之餘，偶爾在別的女人身上撒點雨露也是正常的，特別是朱天子還擔負著為大明王朝生育未來接班人的重任。現在心愛的萬貴妃年紀大了，無法與她共同完成使命，只好藉助其他女人的肚子了。然而，這些女人的肚子似乎都不是良田，天子的優良種子播下去一批又一批，一無收穫。

好在朱天子不是傻子，幾年下來也看出了端倪。只要他心愛的萬貴妃沒有孩子，他也不會有孩子的。原因很簡單，朱天子在哪個女人那裡下種，萬貴妃就給哪個女人送去打胎藥。萬貴妃的想法和做法表明：我年老珠黃，本無與人爭寵的本錢，要是哪個女人生下兒子，母以子貴，還不把我排擠掉！

荼毒自己的後代，是否令人狂怒？我們敬愛的朱天子雖然很傷心，但他更大度，做到了婚姻生活的聖明法則：睜一隻眼、閉一隻眼，對萬貴妃的所作所為不聞不問。可是他內心很矛盾，總想有自己的兒子，怎麼辦？只有拼命地到處播種，於是乎，天子的精子和貴妃的毒藥展開了生死競賽。朱天子心想，只要萬貴妃有一次遺漏，說不定就會受孕成功。

一天，而立之年的朱天子攬鏡長嘆：「頭髮都白了，還沒有個兒子。」

服侍天子的老太監張敏察言觀色，似乎感覺時機成熟，立刻跪倒：「奴才該死，奴才欺矇聖上，聖上已有兒子啦！」

「啊？」朱天子瞪大了眼睛，「我有兒子？我怎麼不知道？你又怎麼知道的？他在哪裡？」

張敏跪在地上不停地磕頭，就是不說話。朱天子著急，拉起他追問。張敏說：「您答應為我做主，我才敢說。」

朱天子見子心切，當即答應下來。張敏這才說出實情，原來有位紀氏的宮女逃過萬貴妃迫害，服用打胎藥後孩子倖免於難。可是肚子一天天隆起怎麼辦？張敏謊稱紀氏得了怪病，把她趕到冷宮與吳皇后為伴。這個孩子就這樣來到世間，已經六歲了，頭髮都沒有理過。

朱天子直接把孩子交給了自己的娘照顧，自然是防備心愛的萬貴妃橫加迫害。萬貴妃知道真相後，破口大罵：「小人害我，小人害我！」罵完後，乾脆利落地結束了張敏和紀氏的性命。

令人驚奇的是，我們的朱天子依然繼續著忘年之戀，對萬貴妃疼愛有加。

西元1487年，五十九歲的萬貴妃病死，明憲宗朱見深傷心欲絕，一病不起，於同年而逝。

玉體橫陳，北齊後主譜寫《無愁曲》

高緯是個標準的美男子，在中國歷史上是出了名的，而且多才多藝，譜寫的《無愁曲》感人至深，催人淚下。這樣一位才貌雙全青年，無論從哪個角度看都是年輕人心目中的超級偶像，父母眼中的有為後生。生在現在，至少也可以靠才藝混出點名聲。

其實高緯完全沒有必要學習藝人，因為有的藝人表面為了藝術，私底下不言而喻是為了混口飯吃。高緯不用為衣食憂愁，他的父親是北齊皇帝，他不到十歲就繼承衣缽，當了天子。

不僅有才有貌，家世還天下第一，這樣的好事落到一個人身上時，這個人該是多麼幸運，多麼高興，多麼不知所措。為什麼要不知所措呢？畢竟中國幾千年才出了幾百個皇帝，那些芸芸眾生很難體察到天子的情懷？

高緯登上歷史舞臺，北齊建立十七年以來，走馬燈似地先後有五位天子，到他已經是第六位了。少小俊美的高緯在天子位上統領著北齊王朝，一開始沒有引人注目，可是不知怎麼就墜入一段流傳千古的愛情罪惡之中。

大約從十五、六歲開始，高緯忽然明白天子之責，經常殺殺人，顯顯威風；更愛大搞娛樂節目，以歡愉群下。一次，他聽說民間災荒，不少人淪為乞丐，讓他大感欣喜。於是一聲令下，在宮內扮演起乞丐遊戲。宮女太監們穿上布衣草履，遊蕩宮廷，高緯身穿破衣，手捧破碗，有模有樣地向人乞討。宮女、太監們被乞討聲打動了，扔給他一兩個窩頭，他就高興地又唱又笑。此遊戲讓他過足了癮，也讓人們看到他的表演、導演天賦。

高緯追求歡愉的生活，自然不只在表演方面，他也十分喜歡美女。這個容易得多，身為天子就該擁有最美的女子。高緯是個多情的人，在物質上，他對自己的妃子一視同仁，為她們置辦華麗的服裝、精美的宮室、昂貴的梳粧檯。可是在精神上高緯就做不到彼此兼顧，後宮佳麗三千，憑他三頭六臂也照顧不過來。實際上，隨著時光流逝，受到他眷顧的女人也越來越多。這天，有位叫穆邪利的女人成為他的新皇后。新皇后是原皇后的婢女，一朝登天，自然處處迎合高緯，兩人經常喝得酩酊大醉，不亦樂乎。

如此逢迎也拴不住高緯年輕騷動的心，他朝三暮四，接連不斷地寵幸起其他女人。穆邪利惱恨交加，卻也無計可施，誰讓老公是皇帝呢？偏偏這位皇帝老公多情又無情，在曹氏姐妹受寵後，姐姐大曹竟敢對皇帝甩耳光，被高緯命人剝去了臉皮。一張嬌嫩秀美的臉皮被活活剝下，該是何種悽慘的場面？後宮諸位美女們想想都不寒而慄。

穆邪利實在沒有辦法，拿出女人最後的伎倆：哭。但是哭要有對象，不然一個人悶頭哭有什麼意思。可是穆邪利自從當了皇后，她連親媽都不認，眼睛早長到頭頂上去了，哪還有親近的人。

然而，這時有人挺身而出，願意為皇后分憂解難。此人出身與皇后一樣，也是婢女，年方二八，情竇初開，美豔如花，名叫馮小憐。小憐為皇后打抱不平：「哭有什麼用？我想好了，您把我獻給皇帝，讓我去討他的歡心，也使您重新獲得寵幸。」

穆邪利上下左右打量小憐，不禁破涕為笑。

在皇后安排之下，小憐順利進入高緯的懷抱。這一抱不打緊，抱出來千古絕唱、江山易主。高緯閱女無數，卻沒有見過這等尤物，那小憐人如其名，嬌小令人愛憐，皮膚吹彈可破，吐氣香如幽蘭，三圍更是恰到好處。讓高緯欲罷不能的是，小憐還有一種天生的本錢。她的玉體曲線玲瓏，凹凸有致，在冬天寒冷的季節裡，軟如一團棉花，暖似一團烈火；在夏天溽暑炙人的時候，則堅如玉琢，冷若冰塊。或抱、或枕、或撫摸、或親吻，無不婉轉承歡。

高緯太滿意了，於是大筆一揮，譜就《無愁曲》，對天下人宣布：「有了小憐，我再也沒有憂愁了。」從此，「無愁天子」成為了他的專有名詞。

表達自己的寵愛之情，不能以一首曲子簡單了事，高緯費盡心機討好自己的小憐，出則同馬，坐則同席。椅子、板凳當時還沒有普及，尤其是以漢人自居的北齊高氏，更習慣席地而坐。不管上朝議事，還是日常家居，坐席時，都要脫掉鞋子，這樣更方便。

高緯為了表達愛意，與小憐不分場合同席而坐，最引人注目的就是兩人在朝堂上坐在一起，接見大臣。坐就坐了，也許是年輕人情意難抑，高緯開始與小憐摟摟抱抱，忘我情深。小憐風月中人，幾近媚態，嬌喘吁吁。

這幅懾人魂魄的情景如果放在電視劇中，收視率會大大提升。同時也再次證明高緯沒有從事演藝工作，該是多麼大的悲哀。有幸現場目睹天子之愛的臣僚們不夠前衛，一個個面紅耳赤，語無倫次。

高緯眼見此情此景，開懷大笑：「不要假惺惺作態，你們心裡想什麼還能瞞得過我嗎？」說到這裡，他忽然冒出一個絕妙的念頭，為什麼不讓大家都來欣賞小憐呢？正所謂「獨樂樂不如眾樂樂」，高緯真是天真得可以。他認為像小憐這樣可愛的女子，只有他一個人來獨享其美豔風情，未免暴殄天物，如能讓天下的男人都能欣賞到她的天生麗質豈不是大大的美事。小憐聽到老公的建議，更是欣然同意。這對夫婦思想前衛，做法大膽，令現今的人體藝術家自嘆不如。

幾天後，經過一番設計與安排，小憐一絲不掛地躺在朝堂之上，身旁站著洋洋得意的高緯，還有一群老老少少的大臣。

大臣們轉著圈，從不同角度、不同面向欣賞小憐，有些富有藝術細胞的人還不忘誇上幾句：「美，實在是美。」

聽此一言，高緯彷彿找到了志同道合的夥伴，興奮感徒增。小憐也如同臺上的模特兒，在掌聲中變得更加激動，不忘多做幾個動作，答謝誇獎者。

當然，這場遊戲的新聞迅速傳遍全國，轟動效果自古未有，有感於此，高緯有了新的想法。誰要是看一眼小憐還不是三生修來的福氣？為了一飽眼福，他們也該拿出點報酬來吧！經過高緯十幾年的努力浪費，北齊國庫的錢早已沒有了，為了歡愉他不得不想辦法搜刮民脂民膏。這下好了，既然大家對小憐如此關注，以後誰要是來欣賞小憐的玉體，就讓他先繳一千錢。高緯不僅通曉藝術，還懂得如何提高票房的收入。

北齊王朝的人體藝術展活動如此火爆，西邊的北周王朝也聽說了，而且揮師東進，「小憐玉體橫陳夜，已報周師入晉陽。」讓高緯絕望的是，這些不解風情的北周將士，並不是為了美人而來，而是為了奪取自己的江山。

酒後開玩笑，一床錦被捂死東晉武帝

有這麼一位皇帝，死的可謂前無古人、後無來者，非病非災，非打非殺，竟然被老婆用一床被子活生生地悶死了，真不知道這是不是開了安樂死的先河。

要說起來，與老婆生氣打架，鬧得不可開交，然後產生深仇大恨，才遭到毒手也情有可原。可是這位皇帝實在窩囊，他不過說了一句玩笑話，而且他生平就愛開些莫名其妙、與身分不符的玩笑，卻不料老婆大人毫不留情，一不做二不休，乾脆來了個絕殺。

那天，本是個平常的日子，秋高氣爽，萬里無雲，如果公務不忙，與嬪妃愛妾們徜徉御花園，或者只是遙望一下遠空，倒也不失為一種情調。可是這位皇帝從來沒有這些士子文人的雅興，他平生只愛美色。

皇帝如此垂涎美色，寂寞難耐的後宮佳麗還不樂歪了。可是偏偏就有不識趣的，這位人物來頭也不小，她是皇帝的寵妃，名叫張貴人。能夠成為皇帝寵幸的女人，張貴人應該高興、感恩，應該時時刻刻與皇帝一條心才對。皇帝也是這麼認為的，所以在這個秋光無限好的日子裡，他力邀張貴人陪自己飲酒。

受皇帝之邀，張貴人自然萬分高興地到清暑殿，一杯杯為皇帝斟酒，一次次投去迷人的秋波，一回回巴望著皇帝也來個你儂我儂，兩情相悅。哪料到皇帝酒興正濃，喝了一杯又一罈，喝得醉眼矇矓，哪還有情調可言。

張貴人被灌了幾杯，嗆得一個勁咳嗽，花容失色，頭釵凌亂，她連忙搖著玉手表示不能喝。「喝！」皇帝醉眼歪斜、口齒不清地下了聖諭。張貴人無奈，又端起酒杯與皇帝對飲。

張貴人哪有皇帝的海量，一來一往，她無力招架，再也喝不下去了，仗著平日的恩寵，不配合皇帝。皇帝酒意正興，遭到拒絕後，慢慢緩過神來：「不對呀，我是皇帝，叫妳陪酒，妳怎麼不聽話呢？」這個想法一旦冒上心頭，他就有譜可擺了，笑瞇瞇地看著張貴人開玩笑說：「妳要不與朕飲酒，朕就治妳的罪。」

哪想到一句玩笑話惹來大麻煩，張貴人一時火大，回敬了一句：「我就是不喝了，看你能治我什麼罪！」像天底下所有夫妻一樣，這對皇帝夫婦吵起嘴來。

夫妻吵架，哪有什麼道理可講，你說一句我頂三句，是最平常不過的事了。可是皇帝夫妻吵架，天下罕見，畢竟沒有幾個女人有這份膽量，更沒有這個機會。從這裡可以看出，這位皇帝還是很疼女人的，最起碼給了自己的女人與他平等吵架的機會，實在難得。

皇帝固然開明，但也是個男人，最頭痛女人無休無止地吵吵嚷嚷。注意了，張貴人在與皇帝爭吵過程中，不知不覺盡顯女性本色，一副罵不倒老公不甘休的堅決態勢。這時，她心中或許升起一絲一般女性的簡單願望，老公不再貪杯，好好跟自己過日子。想歸想，事實卻非如此，皇帝忽然間冒出一句他這輩子最不該說的話：「別再吵了，妳已經年近三十，應該廢黜了。我有的是年輕美貌的佳人，難道就少了妳不行？」說到這裡，又大口嘔吐，噴的張貴人滿頭滿臉都是。左右慌忙將他扶入臥室，讓他上床，昏睡過去。

皇帝睡著覺，千不該萬不該拋下那樣一句無情無義的話，彷佛一記悶棍，差點讓張貴人背過氣去。她自得寵以來，恃寵生驕，哪裡受得了這樣的搶白！這句話可抵得上炸藥，隨時都會引爆。

張貴人左思右想：「我現在風韻猶存，他就如此絕情，等到我人老珠黃，還不得受盡那些小妖精的欺負？」她越想越氣，越氣越怕，越怕心中越惱，回頭望望龍床上鼾聲大作、口水流淌的皇帝老公，她如魔鬼附身一般，殺心頓起。於是悄然招來自己的心腹宮女，讓她們拿出放在壁櫥裡的錦被。

懷抱錦被的宮女看著主子滿臉怒容，都不敢出聲，心想：「天還不冷，需要蓋這麼厚的被子嗎？」還沒等她弄明白，張貴人就帶著她來到酣睡的皇帝身邊，低聲發出讓她嚇得差點尿褲子的命令：「去，用這條被子悶死那頭睡豬！」

宮女一聽，還以為自己的耳朵壞了，第一個反應就是沒有任何反應，她呆了。張貴人一再威逼，她一再恐懼，無奈張貴人下了最後通牒，妳不悶死睡豬，我就弄死妳！不是你死就是我活，還是我活著比較划算，再說，這皇宮中有沒有他似乎都無所謂了，也就多一個會喝酒的主。抱著這種心情，宮女結結實實地把錦被捂在皇帝腦袋上。

皇帝睡得又香又沉，睡夢中一股暖流撲面而來，夾雜著女人的氣息，讓他透不過氣來。說也奇怪，他從十歲登基，二十五年來與多少女人恩愛過，自己早已記不清楚了。可是眼前這個女人太熱情了，太瘋狂了，抱得自己太緊了，讓自己喘不過氣來、喘不過氣來……

錦被要了壯年皇帝的命，著實可憐，他的死也被後世濃墨重彩地記錄一遍又一遍，想知道他是誰嗎？東晉孝武帝司馬曜是也。司馬曜愛開玩笑，但不是丟命這一次，他常常開一些超級玩笑。

有一年，司馬曜在延壽堂款待群臣，喝得酒酣耳熱。這時他的舌頭又開始打彎了，他的大腦裡開始冒出來那些司馬氏的玩笑。他說：「請大家評評我治國才能怎麼樣？」

嗚呼，大臣們一個個也喝得差不多，聽到這話，不假思索，想起書本上那些讚美皇帝的語錄，一時間宴席成了褒義詞聚會場。司馬曜聽得舒服，可是他的幽默細胞更為發達，笑瞇瞇地又問：「那你們覺得朕可與哪位帝王媲美呀？」虛榮之心人皆有之，好不容易當了一次皇帝，怎麼也得與自己的同行比較一下吧！想起來可憐，我們凡夫俗子要有虛榮心，可與身邊的某某比一比，與哪位成功人士比一比。皇帝就不行了，他想與人比，對象只有一類人：皇帝。並且還是那些死了的皇帝，被後人翻過來倒過去敘述的皇帝。這種比法，就比出了昏君明君、暴君賢君，也衡量出了大臣們的水準。

也許大臣們從來沒有拿這位皇帝與其他皇帝比較過，或者他們覺得不屑一比，或者他們不知道怎麼比。總之，一語落地，眾人啞聲。過了一會兒才有位青州刺史脫穎而出，提高了嗓門喊道：「陛下太英明了，誰也比不過您，以微臣看，光武帝劉秀只配給您做徒弟，漢高祖劉邦更是自愧不如。」

此言一出，讓所有大臣頓感汗顏，更讓司馬曜笑開了懷，隨即揮一揮手，賞賜給青州刺史良田千畝，綿帛千匹。在座大臣一聽，真如坐了失控的飛機一般，心情忽上忽下，忽左忽右，不知如何是好。一句拍馬屁的話換來的利潤也太大了，早知道這樣，自己就搶先說了。

誰先說倒不是主要的，滑稽劇還在上演。再看那位青州刺史，跪倒在地，磕頭謝恩，心裡想著自己怎麼碰上這等好運。可是有句話說的好，「不要高興的太早」，簡直就是為這位青州刺史準備的，他謝恩的話還沒說完，司馬曜忽然哈哈大笑：「你不要謝了，這不過是開個玩笑。今天咱們喝得痛快，你們如此盡忠，用假話恭維我，朕也得有所表示，用假話賞賜你們啊！」

話音剛落，哄堂大笑。司馬曜的超級玩笑的效果真是非同一般。

自己做小販老婆當城管，南齊東昏侯的超級無厘頭

要說起古代哪個皇帝最沒正經樣，非南朝齊國蕭寶卷莫屬了。沒當皇帝時，蕭寶卷最大的愛好就是晚上滿皇宮裡捉老鼠，一捉一個通宵。

孩子都是自己的好。雖然蕭寶卷有怪僻，加上長相一般，活脫脫一隻大青蛙，說話還咬字不清，可是他父親中意他，左看右看他都最有人樣。於是在不捨得也必須捨得嚥下最後一口氣之前，諄諄教導他道：「皇兒啊！你可千萬要牢記，凡事都要先發制人。」

蕭寶卷倒是很聽他父親的話，一上任，凡是看不順眼的大臣，一律格殺勿論。也可能是得益於兒童時期養成的良好習慣，蕭寶卷的作息時間是，晝伏夜出，天不亮不睡，天不黑絕對不起床。你說那些急等著頂禮膜拜的群臣下屬怎麼辦呢？等，沒耐心等的就回家抱孩子去，恕不遠送你半步。當然也有聰明的，改白班為夜班，白天在家哄老婆開心，晚上再來當差值班混銀子，工作生活兩不誤。

蕭寶卷晝伏夜出做什麼？很簡單，他還是有自知之明的，深知長得醜不是自己的錯，出來嚇人就不對了。於是只有晚上才出門遊蕩，而且命令手下人清街戒嚴。平民百姓看不到皇帝的廬山真面目，主要是怕聖上嚇壞他們。要真是這樣的話，蕭寶卷還是個愛民的主。

可是，偏偏有人不肯配合小皇帝工作，這下慘了，不聽話者見一個殺一個，不用請示彙報。

這樣的話，小皇帝又成了嗜殺成性的暴君。

我們先不去評論小皇帝到底是愛民還是害民，先看看他的夜遊經歷。總體來說，他對這樣的夜遊樂此不疲，累了，也不用找什麼酒吧或者茶館休息，當街圍起布幔，將自己罩在裡面，舉行露天歌舞晚會。等到玩夠了，騎上馬開始繼續遊蕩，看到哪家不順眼，也不打聲招呼，不管深更半夜人家睡了沒睡，破門而入，看見好東西就拿，看見好女人就睡，想做什麼就做什麼。

久而久之，私闖民宅成了小皇帝的家常便飯，京城的老百姓都嚇壞了，不知道以後的日子還怎麼過。

蕭寶卷這樣為非作歹，嚇壞了朝廷大臣和京城老百姓，卻嚇不到一個人。那就是他的老婆潘貴妃。潘貴妃是蕭寶卷的妃子，她雖不是正牌皇后，皇帝卻把她捧上天，疼起來十二分用心。不信你跟著他們回趟娘家看看，蕭寶卷一會兒為老岳父家挑水做飯，一會兒為老婆大人捶腳搧扇。那個場面情景，讓岳父、岳母大人樂得嘴巴都歪了。

等到小夫妻二人出門旅遊，蕭寶卷的表現非常好。這不，他為潘貴妃準備了軟臥，自己騎著馬跟在後面，生怕有什麼閃失或者老婆有什麼不滿，比起管家保母可要用心得多。

蕭寶卷一心一意心疼老婆，一日偶然看到《西京賦》這篇名作，當即感慨起來：「西京的繁華昌盛，真讓人羨慕！」難道他憂國憂民，為自己治理的天下尋找榜樣？當然不是，他羨慕的不是這些東西，而是文章中描述的豪華生活，尤其是那些高級別墅，如果能為心愛的老婆大人蓋幾間這樣的房子就好了。

蕭寶卷是一國之君，想為老婆蓋房子，很快就可以付諸行動。不久南齊都城內矗立起幾棟超高級奢華的別墅，分別取名神仙、永壽、王壽。蕭寶卷希望老婆大人住進去後，可以過著神仙般的日子。

可是蕭寶卷沒想到，這項工程過於浩繁，花費太大，讓他不明白的事發生了：工程人員彙報說找不到那麼多金銀珠寶裝修別墅。蕭寶卷聽了，勃然大怒：「我身為一國之君，為老婆蓋好了房子，卻沒有錢裝修了，這不是丟我的人，出我的醜嗎？你們這些偷懶的人，肯定沒安好心。」對皇帝不安好心，後果很嚴重，拉出去砍頭。

砍了幾個人的腦袋，其他人立刻聰明起來，在蕭寶卷的指示下，分頭行動，有的進入寺廟，有的進入有錢人家，刮下佛像身上的鍍金，奪走有錢人家的首飾……一切可用來裝修的寶物，全部請進三大別墅群。

然而，蕭寶卷的辛勤作為，並沒有討得潘大貴妃的歡心，因為後者是位環保愛好者，喜歡大自然的花花草草，而不是珠光寶氣。

蕭寶卷自然不敢搶老婆的風頭，但肩負著滿足老婆心願的重任，當即下令在別墅群內廣植樹木。奈何老天不作美，這是炎炎六月天，種下去的樹不到一天工夫，全都枯萎了。這還了得，讓潘大貴妃看見，會生氣的：「你們為何如此破壞樹木？」這樣的罪名誰也不敢承擔，因為誰承擔誰就送命。

死人是小事，對蕭寶卷來說，最怕老婆大人生氣，為了不讓她生氣，辦法只有一個：不停地植樹，絕不讓一棵乾枯或者枯萎的樹存在。為此，他指揮大隊人馬在京城大街小巷忙碌地工作，看見樹就挖出來，運回別墅區。不管這些樹生長在誰家、什麼地方，哪怕樹倒屋塌，也不在話下。可以這麼說，放眼望去，南齊都城成了破壞林木專業區，運送樹木的車輛來往不絕。

這只是繁忙景象的一部分，因為潘大貴妃不是想生活在森林中，而是嚮往綠樹成蔭、鮮花遍地、青草依依的樂園。現在蕭寶卷親力親為弄回來這麼多大樹，還遠遠不夠，為此他不得不安排另外一些人加班加點，到處搜刮草皮、花卉。然而，辛勤就有回報，很快別墅區的角角落落鋪滿草皮，走在這樣的草皮上，潘大貴妃欣慰極了，剛想著誇獎老公幾句，沒想到午覺一過，綠綠的草皮全變黃了。這是誰搗鬼？沒等她大發脾氣，蕭寶卷急忙跑上前，又是檢討又是安慰，費了好大的力氣才哄走老婆。隨後大開殺戒，砍了那幾個辦事不力的人，可是追問緣由，才知道殺錯了人。原來這些草皮都是無根草，見到陽光就死，要想保持新鮮，必須天天更換。明白了原因，問題迎刃而解，蕭寶卷立即調度人馬，專門負責每天鋪草皮。

潘大貴妃終於如願以償。某日，她漫步其間，一面灰白色的牆壁讓她大吃一驚：「這樣的牆面，太難看了！」蕭寶卷隨侍左右，也被這個小小的疏漏嚇呆了，忙不迭地表示：「別生氣，別生氣，看我的，一會兒就讓它變得超級好看。」

蕭寶卷讓人用青漆粉刷牆壁，並且配以麝香，這樣牆壁不但顏色好看，味道也好聞。粉刷完畢，他決定送老婆大人一個驚喜，挽起衣袖，抓起畫筆，在上面塗塗抹抹，眨眼間，活色生香的春宮圖出現了，一幅連著一幅，形象逼真，色彩豔麗，真美煞人也。看著老公的傑作，潘大貴妃嬌喘吁吁，難以把持，當即癱倒在老公懷裡。試想一下，此刻的蕭寶卷多有成就感啊！

他確實很有成就，這面他親自塗抹繪製的牆壁成為一種歷史淵源，此後，妓女們經營事業的場所，就被冠之「青樓」。開創這樣的偉業，難道不算成就嗎？

可貴的是，對蕭寶卷來說最大的偉業就是讓老婆開心。為此他又在皇宮中發明各種遊戲，以圖夫妻二人同歡同樂。讓潘大貴妃最開心、最過癮的遊戲就是開夜市，因為在市場中，她有了實權，是位城管級人物，可以處罰所有商人和客戶。

皇宮大夜市隆重開幕，一開始宮裡的太監、宮女們捧場玩樂，時間一長，潘貴妃提意見了：「都是自己人，買來買去賺不到錢，沒意思。不如開放經營，讓京城的王公大臣們都參與買賣，這樣生意肯定能紅火。」

蕭寶卷一聽，大大稱讚老婆大人的經營頭腦，並照章辦事，傳下聖旨：所有人必須到皇宮市場中買賣物品，不得有誤。就這樣，皇宮市場成了壟斷行業。在買賣中，蕭寶卷放下皇帝的身段，親自販賣豬肉，改行做起了屠夫。

只見皇宮內外，一到晚上，燈火通明，叫賣聲此起彼落，熱鬧非凡。買賣火了，顧客多了，當然就免不了缺斤少兩、假冒偽劣、賴帳少錢的。只要出現這樣的問題，潘大城管就會親自來處理。

這位市場最高行政主管，工作十分認真負責，就算蕭寶卷違反了市場的規章制度，坑害了顧客，也照樣用木板打他的屁股，更遑論那些王公大臣和一般百姓了。在潘大城管面前，國人終於享受到了人人平等的待遇。

俗話說「好景不常」，就在寶卷夫婦的生意如日中天時，本家蕭衍不知何時舉兵造了反。可憐的蕭寶卷，沒等到蕭衍來殺他，就被太監黃泰平在膝蓋猛砍一刀，摔了個狗吃屎。眾人一擁而上，砍下他的人頭，提著向蕭衍邀功請賞去了。

第三章

從幕後到台前，露手絕活給你看

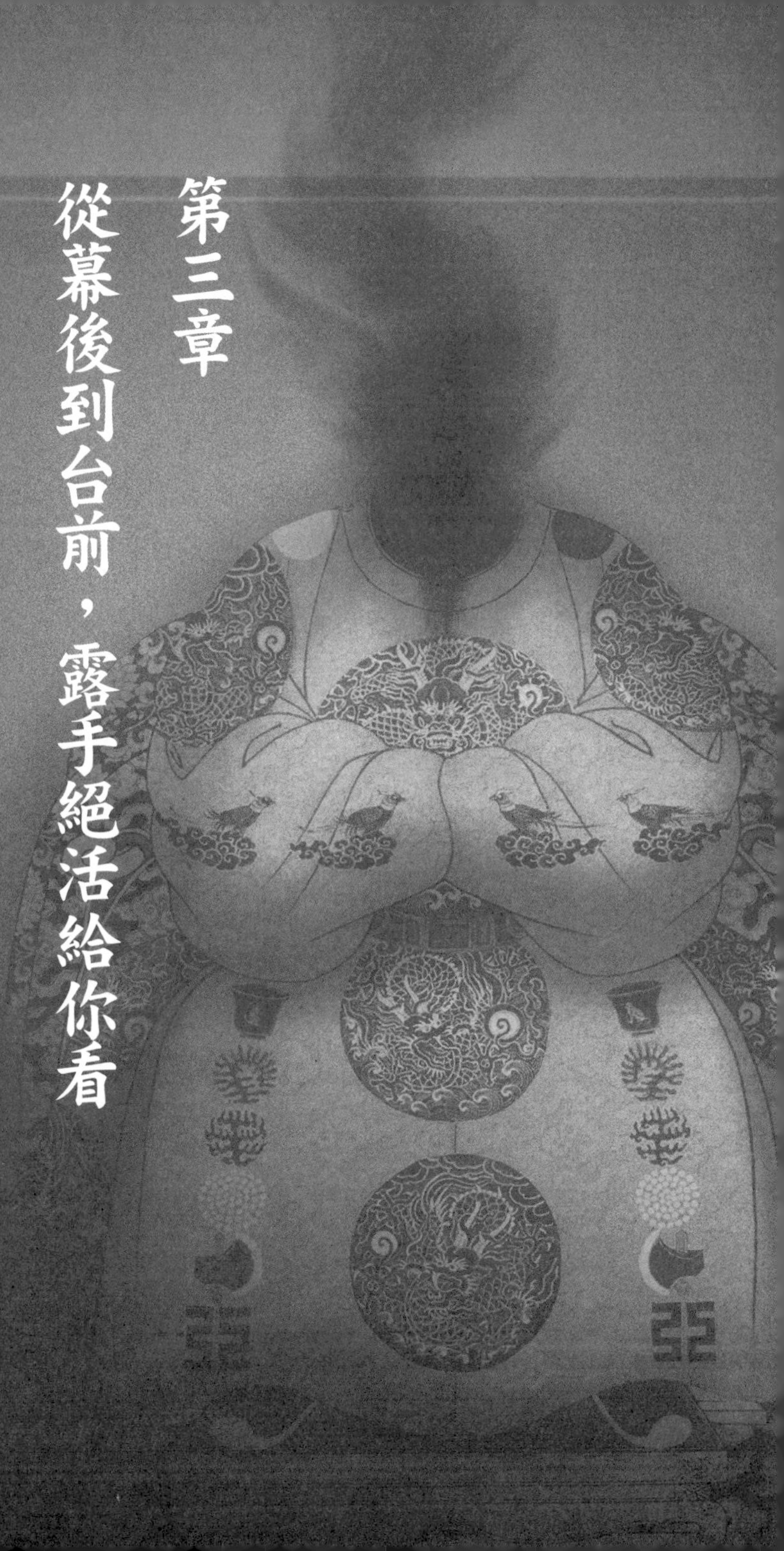

酷愛旅遊，周穆王駕車巡行天下

如果你酷愛自駕遊，喜歡在假期開著愛車四處兜風。那麼有必要考考你：自駕遊的創始人是誰？也許你人會歪著腦袋想半天，冒出一句：「可能源於國外。」其實自駕遊是純粹的國產文化品牌，而且已有三千年悠久歷史。此文化娛樂活動的創始人乃是大名鼎鼎周天子穆王閣下。

中國歷史有個慣例，每個做過天子的人，後世都為他寫個傳記，周穆王也有傳記，叫做《穆天子傳》，但這本書還有另外一個名字——《周穆王遊行記》。

此書可有些年頭，是西晉時期出土的文物中發現的竹簡書籍。西晉離我們近兩千年，那時的考古發現，離今天該有多麼遙遠！想想周穆王實在厲害，雖然生活在遠古時代，卻創造了風行當今的旅遊活動。

周穆王名叫姬滿，是西周第五任天子，正值這個朝代的鼎盛時期，國泰民安，人們安居樂業，這位天子大人有的是時間和精力拓展自己的業餘愛好。他沒有在安樂中墮落，而是喜歡上充滿探險意味的旅遊活動。

穆王旅遊，可不是一般人想的到御花園走走、在上林苑騎騎馬這樣簡單的活動，而是到人跡罕至的地區，進行探索發現。這種精神實在值得表揚，可惜後世帝王中沒有幾人效仿他，不是在建功立業中老去，就是在酒色肉香中沉淪。如果後人效法穆王，熱愛遠行探索，說不定搶在哥倫布先生之前發現美洲大陸。

當然這是推測，不是歷史。周穆王以五十歲高齡登臨大寶，開始實現自己恢宏的遠行大業。要想遠行，勢必要有交通工具。於是歷史上又一位大名鼎鼎的人物出現了，此人名叫造父，是馴馬兼駕馭高手，一句話，他是個好司機，既能挑選優質馬匹，又能駕馭這些駿馬。

造父不負穆王所望，從造父山上覓得八匹野馬，經過馴化，這八匹馬奔跑起來足不踐土，比鳥飛得還快，有的能夜行千里，有的背上還生出翅膀。

在某個選定的日子裡，造父駕馭著八匹駿馬拉的車輛，出現在王宮前。穆王歡歡喜喜地登上馬車，身邊跟隨一群侍從大臣。一行人離開都城鎬京後，先是向北，繼而向西，一路上大開眼界，既

清朝宮廷畫家郎世甯的《八駿圖》，以周穆王八駿為題材，八匹馬形態各異，飄逸靈動，為不可多得的珍品。

見識了少數民族的人文風情，還與他們互送禮物，經過千里跋涉，終於來到西方的盡頭。不知道此盡頭是何意思，歷來史學家們都有分歧，有的認為到達西亞甚至歐洲地帶，有的認為不過是到了新疆、敦煌附近。不管怎麼說，穆王開創了歷史，實乃喜好旅遊者的鼻祖級人物。

在西方盡頭，周穆王完成一大宏願，見到了渴慕已久的西王母，並獻上隨身帶來的白圭黑璧。西王母是當地一位女性統治者，對這位從天而降的天子人物十分欣賞，設下宴席款待他，還清唱一曲為他助興，表達了「祝君長壽，願君再來」的依戀之情。兩位首腦宴飲結束，西王母親自帶著穆王遊覽國內山川名勝。穆王難捨此情，在一座山上刻下「西王母之山」幾個大字，以示紀念。可見，中國人喜歡在風景區刻字留念，竟然也有三千年的歷史。

如果這件事情發生在今天，肯定會記錄在電視節目、網路中，不會出現任何偏差。無奈那時技術落後，就連書寫記錄，都要費半天工夫刻在竹片上。如此一來，不知道史臣懶惰，還是事情發生的過於玄妙，或者是周穆王本人對於這件事情無法確定，畢竟遠遊他方，美女入懷，總有些飄渺虛無之感。

總之，這件事情雖然出現在穆王傳記中，卻總是以神話傳說的方式出現。可惜那位西王母，枉費心機巴結穆王，穆王也說出「三年之後，再次前往」的誓言，最後卻是竹籃打水一場空，不但穆王沒有返回，連歷史也不肯做出正面評價。這件事成為中國家喻戶曉的「神話故事」，西王母也名正言順成為了神話人物。

當時的真實情況是，穆王辭別西王母，帶著她贈送的各種禮物，一路東回，結束了這場歷時幾載的神遊。

然而，我們的穆王絕不會就此停止自己的旅遊活動，西方已到盡頭，還有東方沒被探知，於是浩浩蕩蕩的東遊活動開始了。

這次東遊沒有豔遇發生，因為有位美人跟隨穆王前行，兩人在東夷沂山頂上欣賞美景時，忽然看到一對鳳凰比翼齊飛，穆王大喜，說道：「鳳凰是吉祥鳥，牠的出現說明聖王出世，這正應在我的身上。」看來，穆王天子自信滿滿。

史書記載：「穆王東征天下，兩億兩千五百里，西征億有九萬里，南征億有七百三里，北征兩億七里。」範圍之廣，恐怕不僅前無古人，甚至還是後無來者。若要拿個能與之比較的，恐怕唯有成吉思汗的西征了。而且，成吉思汗並非自己親自征伐到最西處，穆天子卻是親自巡行這些地方，可謂獨一無二。

嗜好比武，秦武王舉鼎喪命

周赧王痛失祖業，連九鼎也被秦人奪走。知道這位搶劫者是誰嗎？秦國國君秦武王嬴蕩。這位國君十七歲繼位，接手了一個蒸蒸日上的大好河山。青春年華的他，長得高大威猛，力大無比，尚武好鬥。這樣的年紀，加上這樣的體魄性格，嬴蕩一上臺就表示：「我從小在西戎長大，沒有到過中原大地，不知道那裡是如何繁華富庶，真想有朝一日駕車到洛陽，親眼目睹九鼎的樣子。如果真有那麼一天，我死而無憾！」

懷抱著這樣的願望和理想，嬴蕩特別喜歡力氣大的人，常常與人鬥力比賽，一旦發現勇力過人者，立即提拔為將軍，隨侍左右。烏獲和任鄙就是這樣提拔起來的，因而也向天下人說明，力氣大是真正的特長，進而引得無數大力士們趕赴秦國，希望得到用武之地。齊國有個叫孟賁的人，力大無窮，隻身可以同時與兩頭野牛角力，有著不怕虎狼、不避蛟龍的美譽，因此覲見嬴蕩後，立即提拔為將，與烏獲和任鄙同樣隨侍嬴蕩左右，享受極高的級別待遇。

身邊有了這樣三位大力士，嬴蕩覺得天下無敵了，立即與群臣商量：「是不是該東進中原了？」言下之意，是不是該讓我看看九鼎了？

秦國進軍中原洛陽，必須取道宜陽，宜陽是韓國地盤，因此大臣樗裡疾不同意，認為時機還不成熟，害怕魏國和趙國出兵救助韓國。另一位大臣甘茂似乎更瞭解嬴蕩，就說：「這樣吧！我先去說服魏國，讓他們與我們聯合，孤立韓國，我們進軍宜陽時就不用擔心。」

嬴蕩自然十分高興，立刻委任甘茂為使臣遊說魏國。當時天下大勢，秦國獨尊，其他六國除了聯合，別無對抗之計。奈何人都是私心大於公心，魏王也不例外，在甘茂威逼利誘下，很快同意出兵宜陽。

為了早一天見到九鼎，嬴蕩親自披掛上陣，與甘茂聯合出兵攻打宜陽。可是韓國也有能人，也知道宜陽的重要性，因此動員民眾誓死抵抗，不甘心做亡國奴。在所有戰爭中，面臨亡國時人們表現出的勇氣，是無法估量的。韓國人拼死拼活地阻擋，使甘茂的進軍計畫受阻，秦軍在宜陽城下苦戰五個月，毫無進展。

這下難辦了，樗裡疾又站出來了：「這麼延遲下去，不知道會發生什麼事情，還是趕緊班師吧！」然而，嬴蕩渴望見到九鼎的心情太強烈，他根本聽不進樗裡疾的勸諫，反而與甘茂一唱一和，增加兵力，非取宜陽不可。

就這樣，苦苦抵抗五個月之久的韓國人被打敗了，損兵折將七萬人，國家的精銳部隊差不多消耗殆盡。宜陽陷落，為嬴蕩打開了通往洛陽的門戶，他披掛整齊，親自帶領著三位大力士攻打洛陽。此時的周赧王天天躲債，千辛萬苦拼湊的六、七千兵力，現今盔甲裝備也被商人當作債務搶跑了，一個個赤手空拳，見到如狼似虎的秦軍，立刻投降。

嬴蕩進入洛陽後，急忙奔赴周王室太廟，觀望心慕已久的九鼎。有人會問，鼎不就是做飯的鍋嗎？有什麼好看的，值得嬴蕩如此大費周章？如果你這樣想，就有必要向你介紹一下九鼎了。

此九鼎非日常用來做飯的鼎，它們寓意深遠，由來非凡。

當初大禹治水後，天下太平，國土面積擴大，他老人家一高興，就把天下分為九州，看來是為了方便管理。直到今天，我們不是仍然在說「華夏九州」嗎？這九州分別指荊、梁、雍、豫、徐、青、揚、兗、冀，九州既定，每個州都有州長，那時可能叫做「酋長」。九州的人們一商量，大禹治理天下有功，我們應該貢獻點什麼。說起來，當時最先進的技術是製造鼎器，為什麼說最先進呢？在此之前，人們還沒有做飯的工具，不懂得蒸煮這樣的烹飪技巧，弄塊肉、魚，架上火烤烤就吃了。後來也不知道什麼人發明了陶器，可以盛放物品，還可以煮熟食物，這當然是大大的進步。可是陶器易碎，於是聰明的先輩們發明鼎器，這種用金屬製造的鍋，耐用多了。我們也知道，金屬製成鍋，是需要相當技術水準的，不可能普及使用，實際情況是，直到二十世紀初，金屬鍋才在中國推廣使用，之前老百姓只能用陶器做飯。那麼我們就可以知道鼎器在大禹時代的重要地位。

九州人們克服重重困難，收集到足夠金屬，打造九個曠世大鼎，還在上面刻上了本地的山川人物、土地貢賦等情況。然後運往大禹所在地，也就是後來的都城。從此，這九個鼎成為了國家的象徵。

既然是國家的象徵，九鼎的地位不再侷限於煮飯，而是擺在廟堂，它們分別是夏、商、周三代的重器。誰奪了天下，誰就擁有了九鼎；反過來說，你沒有九鼎，奪了天下也不算數。

夏、商、周三代，經歷近二千年，就是說，我們的嬴蕩大王看見九鼎時，就像我們今天看見秦始皇兵馬俑，這樣你是不是可以想像出他的激動心情？況且，我們看兵馬俑，只能是看看罷了，誰也不敢扛回一個來據為己有。而嬴蕩眼中的九鼎，不僅滿足他的感官，更重要的是從今以後，這是他的私人財產。

嬴蕩不愧是國君大人，他不像我們想的，以擁有私人財產而得意，相反在將九個鼎逐個審視後，他說出一句出人意料的話：「有沒有人舉起過這樣的大鼎？」以勇力自詡的他，立即聯想到舉重之事。

九鼎是有專人看護的，那人回答道：「鼎重達千鈞，從沒聽說有人舉起過它。」可能他還想說，九鼎是國家重器，祖廟象徵，誰會想到舉起它來？這不是荒唐的想法嗎？但他沒說，他不想因此喪命。

嬴蕩聽了這話，看看身邊的大力士任鄙、孟賁：「兩個人可以舉起來嗎？」任鄙不愧是嬴蕩心腹，知道他恃力好勝，是個愛比拼力氣的人，一見到重物，舉重的念頭就揮之不去，看他的意思，很想舉辦一場舉重大賽。於是說：「我只能舉起百鈞的東西，這鼎千鈞之重，肯定舉不起來。」他選擇了棄權，不肯參加這場舉重比賽。

孟賁不同任鄙，他是外國人，想法比較單純，做事也比較專業，看到賽事在即，不肯輕易退出，立刻擺出架勢說：「我來試試。」說罷，挽袖蹲身，手抓鼎耳，喊一聲「起」，果見大鼎晃悠悠離開地面，可是離地只有半尺，就咚的一聲落到地上。孟賁頭暈目眩，差點摔倒在地。

至此，嬴蕩心中有底了，他面露笑意：「你舉鼎才離開地面，我還不如你嗎？」任鄙看到嬴蕩做出舉鼎的動作，連忙勸阻：「大王萬乘之軀，不要輕易比拼力氣。」說的也是，古往今來的帝王好像不是靠力氣贏得天下的。

嬴蕩哪管這些，生氣地說：「你不能舉，還不讓我舉，豈有此理？」兩個人說不動。其他人更不敢勸了，嬴蕩脫去錦袍玉帶，束腰挽袖，宛然舉重運動員上場，抓起大鼎，奮力上舉。

嬴蕩是舉重高手，深諳比賽規則，心想：「剛剛孟賁舉起半尺，我舉起後應該移動幾步，這樣誰高誰低，一目了然」。

本著公平競賽原則，嬴蕩舉起大鼎半尺後，開始移動左腳。然而慘劇就此發生，在他移動左腳的瞬間，右腳獨力難撐，噗通一聲連帶身體摔倒地面。大鼎順勢落下，毫不留情地砸到嬴蕩的右腳上。

千鈞大鼎砸下來，後果如何？嬴蕩右腳砸爛，血流不止，當天夜裡斃命身亡。臨死前，二十一歲的嬴蕩表現出英勇氣概：「心願已了，雖死無恨。」大約很多人已經明白，嬴蕩渴望九鼎，原來就是為了這場舉重大賽。

周赧王聽到這個消息後，趕緊親自去弔喪。不過怎麼都覺得他內心深處暗自高興：「這是我家的重器，你隨意搶奪，活該報應！」

秦國人也覺得這件事很丟面子，樗裡疾一怒之下，將爭強好鬥的孟賁五馬分屍，誅滅其族。並且追究甘茂責任，都是他慫恿嬴蕩進軍洛陽，才使國君喪生鼎下，這樣的奸臣留之何益？甘茂很聰明，提前得到消息，嚇得躲在魏國，到死也不敢回去。

熱愛科學，安漢公不為人知的實驗精神

安漢公王莽以篡奪漢室天下而臭名昭著，並為此贏得了「陰謀家」、「偽君子」的名號。這裡，我們不去翻舊帳，不去揭露王莽登上皇位的種種細節，不為這位民心所向的民選皇帝做政治辯解。要知道，想當初西漢舉凡識字的人可都曾上書，力請王莽當皇帝的。就連文壇領袖楊雄都說出「配五帝、冠三王」的話，就是說，王莽當皇帝是人心所向，當時西漢人把他看做救世主、大救星，不讓這樣的人當皇帝，簡直沒有天理。

王莽以絕對優勢，透過篡位當了天子。人們記住他，無不是透過這件事。然而，如果簡單地認為王莽的創舉僅在於此，是大大錯誤的。綜觀王莽一生，此人愛好實驗的行為，無處不在。

如果你不相信，可以穿越時空到王莽新朝中，看看宮廷太醫們解剖屍體的行為。在中國古代是不允許解剖屍體的，因為人死之後還會復生，沒有完整的身體，下輩子就不能轉生為人。誰也不想成為異類，當然不肯讓人解剖自己的屍體。然而王莽不信這一套，他支持太醫們解剖死囚犯的屍體，探知人體秘密。在他的支持下，太醫們不但觀測到五臟六腑，還用細竹條檢查血管分布情況。這種實驗發生在遙遠的二千年前，比起解剖之父薩維斯早了一千五百多年。難以想像，要是敬愛的王莽皇帝不被推翻，解剖實驗得到扶植發展，今日的中國人也不用學習什麼西醫了。

王莽皇帝還支持過飛行實驗。你不要以為是笑話，這是真實的歷史事件。當年北方匈奴是中

國邊境大患，經常前來騷擾，可是一般作戰又拿他們沒辦法，因為他們擅長騎射，搶了東西拔腿就跑，我們追不上他們。在與西漢多年往來中，西漢皇帝不得不委曲求全，採取聯姻等辦法穩定與匈奴的關係。王莽當了皇帝，對匈奴便不客氣了，直接降低匈奴首領的封號，由原來的「王」降為「侯」，還連帶著收回匈奴單于的印章，變換稱呼。

這麼做的結果自然激怒匈奴，這群馳騁草原的人屢屢發動戰爭，進行燒殺搶奪。邊境大亂，王莽也不敢小看，於是下詔求賢，呼籲有特殊才能的人為國盡忠。

詔書一下，百姓們大為擁護，前來為王莽皇帝、為國家效力的人越來越多，在選拔過程中一位自稱會飛的獵人，讓王莽皇帝眼前一亮。與匈奴打仗，最吃虧的就是無法瞭解敵情。如今有了會飛的人，就可以從空中探測敵情，即時瞭解他們的動態，這樣的話我方軍隊就可以即時出擊，殲滅他們。王莽皇帝越想越高興，急忙召見會飛的人，並讓他當眾表演。

獵人隨身攜帶大箱子，裡面裝著自己的一身行頭——用羽毛製造的服裝。他穿戴起來後，還在頭上戴了一頂羽毛製作的大帽子，遠遠望去，儼然一龐然大鳥。鳥人果然起飛了，而且飛出去幾百步之遙。

王莽皇帝目不轉睛地觀察這飛行過程，很滿意地決定，支持獵人的飛行實驗，讓他繼續研發，爭取飛得越來越遠、越來越高，以實現偵察敵情的目的。為此他還專門賜予這位獵人官職，送給他金錢做為研究費用。這樣的真人飛行實驗，是世界歷史上的首例，比起達芬奇的撲翼機早了一千多年。

如果你現在認為王莽夠神，夠前衛，還有項實驗更會讓你讚嘆不已。這項實驗與前兩項實驗不同，實乃關注民生之舉，說白了是解決老百姓實際問題的，要是成功了，一定大大造福世人。

有一年天下大旱，老百姓吃不飽穿不暖，飢寒交迫。為政者最頭痛的就是這樣的事情，王莽不是渾蛋，而且想到自己是天下人公選的皇帝，竟然這麼失敗，更沒面子。他左思右想，又一次發揮創新才能，派遣大臣到各地調查各種可以食用的植物。他想，既然這些植物可以吃，為什麼不可以加工研製，製造成食品，把這些食品分發給老百姓，不就解決吃飯問題了嗎？想得多好，比起那位「為何不食肉糜」的皇帝，王莽實在高明，實在讓老百姓感動。

只可惜那是兩千年前，王莽的金點子沒有技術力量支撐，最後淪落為糟糕的點子，不但食品開發實驗失敗，還招致民怨沸騰。老百姓們不買他的帳，倒打一耙，給他扣上「篡位」的惡名，群起而攻之。

偉大的創新者王莽皇帝難以抵擋此起彼落的農民起義，最後身首異處。臨死前王莽肯定覺得很冤枉：「一開始你們支持我，為何又要推翻我？」理想主義者、科學實驗者，就這樣被歷史遺忘了。

癡迷戲曲，三年河東變河西的後唐莊宗

文藝青年李存勗，除了唱戲誤國，並沒做過什麼大奸大惡的事，雖然算不上一個好皇帝，但應該說是個好人。有人說李存勗是個長不大的孩子，是指他天性純真，對權勢鬥爭不太感冒罷了。李存勗當皇帝，大不了是讓不合適的人做不合適的事，屬於人才用錯了位。

說起李存勗的藝術才華，可以算是個天才，我們常見的《如夢令》詞牌，就是出自他手。李存勗雖然從小生在部隊，長在部隊，但卻受到了濃厚的藝術薰陶，身邊到處都是能歌善舞的文藝兵。他的部隊叫沙陀軍，有兩個特點，一個是黑衣黑甲，遠遠看去像一片烏雲滾滾而來，因而人稱「鴉兒軍」。另一特點是「鴉兒軍」喜歡唱歌，擅長各種才藝表演。「鴉兒軍」唱歌唱到什麼地步呢？可能你連想都不敢想，打仗殺敵，多嚴肅的事，除了瞪大眼睛，一門心思保護自己的小命，還敢想別的？一般人不敢想，可是人家「鴉兒軍」敢想。而且人家可不是簡單地只唱一首單調乏味的軍歌，只要能表達心中的喜、怒、哀、樂，想到什麼唱什麼。打仗時要唱著歌前進，打完了仗，無論是佔了上風，還是吃了敗仗，只要調轉馬頭，立刻高歌一曲，忘卻生死。李存勗在這樣的環境中長大，加上老天賜予的藝術天賦，你要不讓他唱歌，那才是泯滅天性呢！

李存勗五歲時，曾跟隨父親李克用經過三垂崗，軍隊剛剛紮起帳篷準備野營，隨軍的文藝兵就唱起了《百年歌》，淒苦悲涼的歌聲，真是叫人心生絕望。此時，李克用與朱溫交戰，正處於下風，聽到如此令人洩氣的曲子，不禁悲從中來，淚流滿面。李存勗可不想看到父親傷心掉眼淚，他一語驚人，說道：「父親不用傷心，不是還有孩兒我嗎？」父親大吃一驚，隨即雨過天晴，轉悲為喜，指著他的鼻子誇獎他，「兒子，有出息，雖然父親壯志難酬，二十年後，你肯定能在此大獲全勝！」果然被父親說中了，不多不少，整整過了二十年，成為文藝小青年的李存勗，率大軍在三垂崗把梁軍打得抱頭鼠竄，並一戰成名。

其實李存勗也是很有軍事才能，在中國軍事史上也曾創下長途奔襲、速戰速決的最經典戰例。他的皇帝寶座，是自己浴血衝殺、唱著歌兒打下來的，既不是接父親的班，也不是耍小心眼、小聰明篡位奪權。

李存勗在藝術圈中屬於響噹噹的明星，作詞、譜曲、演唱，樣樣全能。也許是從小見慣了打打殺殺的血腥場面，李存勗很小就厭倦了殺人的遊戲，經常利用業餘時間，指揮自己寵

後唐莊宗李存勗。

大的合唱團引吭高歌。「曾宴桃源深洞，一曲舞鸞歌鳳。長記別伊時，和淚出門相送。如夢，如夢，殘月落花煙重。」這首著名的《如夢令》，就是他軍旅藝術的代表作。

他的前半生是為他父親活的，打下了地盤，當上了皇帝，後半生他要為自己活。父親的理想實現了，遺願完成了，那就該實現自己的人生夢想，當一個成就斐然的藝術家。

當了皇帝，再也沒有人能阻止李存勗醉心於藝術。他親自編寫劇本，挑選演員，組建戲班子在宮中排練，既當導演又當演員，甚至把自己的皇后和岳父的故事也寫進戲中，名為《劉山人尋女》，並扮演自己的岳父劉山人。李存勗這個皇帝演員，演技還真的不錯，每次排演成功，都在皇宮中進行巡迴演出。李存勗唯妙唯肖的身段唱腔，總能博得粉絲們的陣陣歡呼，成為京都百姓心中當紅的明星藝人。

成了名角，李存勗給自己取個藝名，叫「李天下」。這個名號貨真價實，除了他之外，普天之下還有誰敢取這樣的藝名？不過此藝名流傳史冊，並非是因為他超級的藝術才華，完全是他為此吃了別人一記耳光。誰吃了熊心豹子膽，敢打李存勗皇帝呢？

有一次內部彙報演出，李存勗理所當然地上臺表演。演到高興處，有點忘我陶醉了，在戲中大呼「李天下！李天下！」連呼兩聲之後，就見一個伶人上來就給了他一記耳光。別說是皇帝了，一般人也不肯白白挨一耳光。李存勗十分生氣，滿臉怒容地想責問打人者。可是沒等他開口，打人者搶先發了話：「李天下只有一人，你連喊兩聲，第二聲是喊誰的？」

本來場面有些緊張，伶人們都害怕這一下打走了皇帝的戲癮，打砸了自己的飯碗。沒想到那位打人者說出這樣的話，頓時，眾人哄堂大笑。

李存勗聽了這話，想想也是有理，再看看眾人開心的笑容，不僅不再追究行兇打人者，還給他發了一大筆獎金，誇他是見義勇為的好青年。

再說那位受獎者，是戲曲界小有名氣的敬新磨，也是少有的正直之士。他打李存勗那一巴掌，本意是要提醒他注意自己的皇帝身分，不要太癡迷於戲劇，當個好皇帝，造福於民。沒想到弄巧成拙，李存勗早就忘記了皇帝工作，怎麼可能會想到與對方所想的？可見這位敬新磨先生太過現實，缺乏為藝術獻身的精神，不可能在這一行業做出更大的成就。

敬新磨打不醒李存勗的藝術夢，僅三年的光景，就發生了軍隊叛變的事情。亂兵擁立李存勗的政敵李嗣源為皇帝，與現政府作對。同光四年（西元926年）三月，李存勗率軍來到萬勝鎮（今河南中牟西北）時，聽說李嗣源軍已經攻下汴梁，距自己不過百餘里，心中一陣悽惶，喝了一頓悶酒後，準備返回洛陽再圖進取。在回洛陽的途中，李存勗對那些還跟隨自己的衛士們說：「朕知道你們很不容易，家裡老小都要奉養，魏王繼岌帶著成都的金帛就要回來了，等回京後朕一文不要，全都給你們。」本以為衛士們會大呼萬歲，哪想衛士不冷不熱地說：「陛下的賞賜太晚了，即使給了，將士們也不會再領陛下的盛情。」李存勗混到如此淒涼的地步，不禁放聲痛哭。

回到洛陽後，李存勗將步騎兵置於城外，準備殊死抵抗，此時，如果這些士兵足夠忠誠，他還是有很大的機會翻盤。但李存勗沒有想到，他輝煌的人生並不是結束於李嗣源，而是結束於一個叫郭從謙的無名之輩。而且不是結束於兩軍陣前，而是他的洛陽城中。郭從謙原是個伶人，藝名叫郭門高，因為「演而優而仕」，當上了從馬直指揮使。

郭從謙見李存勗大勢已去，就煽動士兵說：

「皇帝信不過咱們，早晚要把我們活埋了。不如與我一起做掉這個昏君，立下奇功。」士兵們一聽，都說「有道理！」於是便在城中造反。雙方展開了肉搏戰，李存勗在亂戰中不幸被叛軍用箭射死。還好，他在戲曲界還算有人緣，一位叫善友的伶人不顧危險把他的屍首放在樂器堆裡燒成灰燼，算是保全了他最後的尊嚴。

當初李存勗攻入洛陽城時，天下人都把他比做漢光武帝劉秀，覺得唐朝中興指日可待。卻未曾料到，僅僅三年，所謂「大唐中興」的神話便在沖天火光中徹底破滅，留下的只是一堆難以辨認的骸骨，和歷史無盡的感慨。

賣官斂錢，滿腦子生意經的漢靈帝

要說漢靈帝劉宏，還真是大名鼎鼎，在《龍袍怪物》排行榜中，絕對名列前茅。這位皇帝以開辦賣官所而名揚史冊。

劉宏天子在宦官們威逼利誘下，將他們視之為父母大人，職業生涯陷入一片黑暗之中，最終花光了國庫裡的銀子。沒有錢花了，這位來自民間的天子倒有些經濟頭腦，決定做買賣掙錢。

所謂買賣，有買也有賣，劉宏天子首先想到貨物來源以及消費群體。他巡視左右，立刻高興地笑起來：「皇宮之中，珠寶美玉到處都是，何愁沒得賣？」於是大漢後宮中出現一條繁榮的商業街，街道上店鋪林立，來往顧客和商人川流不息，一派興旺熱鬧景象。這時我們不妨將自己設想成劉宏，肯定會有一種特別的成就感，身為天子，親自拉動經濟增長，這在當今社會也是首屈一指的壯舉。

劉宏親力親為，不僅是企劃者更是實踐者，他脫下龍袍，穿上商人服飾，在商業街上來回看熱鬧，當然，餓了就去酒肆裡飲酒消遣；需要什麼就去店鋪買賣貨物。酒肆、店鋪的老闆們都是劉宏的宦官和宮女，彼此十分熟悉，看到天子光臨，也不把他當回事，因為現在大家的身分變了，你我平等，童叟無欺。因此，劉宏在酒館內與一般顧客一樣，飲酒取樂，與老闆、夥計或者其他客人打鬧說笑，不亦樂乎，全然沒有了天子的派頭。

在酒肆裡玩夠了，劉宏喝得微醉，心情格外舒暢，接著開始下一項有趣的活動：到店鋪中購物。這時我們不免想到，劉宏十一歲之前在民間，不過是地方亭侯的兒子，完全過著一般百姓的日子，像這樣飲酒、購物的行為應該是他最熟悉的生活場景。看來，這位天子在宦官父母們的深切關懷下，依然難捨舊情，倒像是流落天涯的旅客，內心深處無限孤獨寂寞。

劉宏實在太寂寞了，為了讓情緒高漲起來，他每每走進店鋪內，都會高聲叫嚷著，與老闆討價還價，雙方爭爭吵吵，直到面紅耳赤，也不退讓。眼看無法以自己心目中的價格成交，劉宏往往會發發天子之怒，將老闆趕出店鋪，自己親自披掛上陣，過過做老闆的癮。

一旦做了老闆，劉宏就格外高興，醉態全無，精神飽滿，笑容可掬地等待顧客上門，還不失時機地叫賣幾聲，敬業精神和服務態度可圈可點。這更讓人懷疑，十一歲之前的劉宏，最大的理想可能就是做個商人，沒想到老天捉弄人，讓他當了天子。

然而，儘管劉宏大力進行商業活動，效果卻是一般，沒有如他所願地增加收入。相反，宦官、宮女們在經營過程中，看到店鋪裡都是皇家御用綢緞珠寶，心態發生了急劇變化，總是想方設法將這些寶物據為己有。由於寶物有限，貪心無限，在爭奪這些寶物時，他們之間自然鉤心鬥角，展開一場激烈的商業戰。這讓劉宏的這場商業實習更加精彩，也讓他更加開心過癮。

過癮不是目的，劉宏也很清楚，他必須解決的問題是財力不足，要想維持自己荒淫無度的日常開支，就要有更多的金錢。可是商業活動帶不來金錢，還損失不少寶物，怎麼辦呢？

這時，劉宏的宦官父母張讓、趙忠為他獻上一計：有種東西非常值錢，可以出售。劉宏一聽，兩眼放光，當即問道：「什麼東西如此值錢？我怎麼不知道？」

宦官父母們誠懇地說：「此物確實值錢，而且只有陛下可以正大光明地出售。如果您能將其明碼實價地出售，肯定會打擊那些不法商人，成為壟斷巨頭。」

劉宏驚喜有加，連連追問：「快說快說，這到底是什麼東西？」

這對宦官父母確實心疼劉宏，對他講，現在官場中買官、賣官的活動十分猖獗，不少人都透過這種途徑發了財。可是您想想，這些人買官、賣官都是非法行為，都是暗地偷偷摸摸地進行的。為什麼呢？因為官員的委任得聽皇帝的，他們不透過您就進行交易，是非法的。如果天子能夠親自出馬，開辦賣官機構，還用得著那些人從中漁利？

劉宏恍然大悟，心說，原來有人搶奪自己的生意，怪不得我總是發不了財呢！他對宦官父母感激不盡，立即在西園開闢出專門場所，成立官員交易機構。此機構開辦後，火爆場景自與先前的商業街模式大大不同。商業街除了熱鬧，沒有給劉宏帶來什麼實際利潤，現在的官員交易機構可不一樣了，看起來更加風光和氣派，前來買賣的人士一個個肥頭大耳，一眼就看出是些大款人物，最起碼也是土財主打扮。他們懷揣萬貫，在交易所內挑挑選選，尋找合適的「貨物」。

劉宏對交易所生意非常關注，視之為重要經濟來源。在出售官位之前，他與宦官父母們經過仔細研究分析，對當前官員交易行情做了深入調查，認為地方官雖然級別不高，但是搜刮民脂民膏比較方便。與之相比，京官雖然位列京城之內，可以參與一些朝政事務，看起來十分榮光高貴，實際上他們大多是清水衙門，油水來源不夠豐富。分析的結果讓劉宏決定，地方官的價格比京官高一倍，至於到了縣級小官，視具體情況而定。所在縣經濟富裕的，官價高一些；窮鄉僻壤，價格自然低一些。

從劉宏的官價定位可以看出，這位天子大人很為客戶考量，為他們買官後如何透過官職發財致富，早早地做好了預想。在劉宏心中，這條買官、賣官一條鏈經濟模式，是要發揚光大的，不能讓買主花了錢，賠了本，賺不到錢，這樣以後誰還來買官？

那麼，劉宏給出的具體價格是多少呢？史書明確記載：一般來說，兩千石的官價格為兩千萬錢，四百石的官價格為四百萬錢，比較明晰，利於計算。為了讓生意持續發展下去，既可以現金交易，還可以賒欠，不過要追加利息。而且，為了便於競爭，劉宏還做出明確規定，根據客戶的身分和財產多少，官位價格可以隨時增減。也就是說，官位價格靈活多樣，只要能夠多賣錢，就是划算的生意。因此我們看到，很多時候西園交易所內都在進行投標競買活動，交易秩序井然，買官的人低頭盤算，希望以最低價格買下官位；賣官的人費盡心思，揣度每位買官者的財產狀況，以圖賣個好價錢。

捨身入寺，餓死在廟堂的南朝梁武帝

蕭衍文武雙全，推翻南齊昏君蕭寶卷，建立了梁朝。起初，他勤於政務，不分春、夏、秋、冬，總是五更天起床批閱奏章，冬天把手都凍傷了。這樣的皇帝在位四十八年之久，被後人尊為武帝，倒也名副其實。

如此說起來這位皇帝似乎無法在《龍袍怪物》中立足，因為他治國有方，頭腦清晰。不過他與佛有緣，特別到了晚年，拋棄自己打拼一生創立的家業國業，非要到廟裡做和尚，故此為自己贏得了特殊的地位。

崇尚佛法，是中國人久而有之的行為，也是許多天子大人的信仰所在，然而與蕭衍比起來，大多數人都要自愧不如。蕭衍崇佛，是從小具備的素質之一，當他聽說達摩祖師從印度遠道而來時，立即派人迎接到都城建康，並親自前往求教佛法。在達摩祖師的指導下，蕭衍佛法精進，修行大增，創作出大量的佛學著作，其中《制旨大涅經講疏》竟有一百卷之多。身為一國天子，擔負治國大任，還要進行佛學研究，這讓擔任書寫佛經工作的和尚們吃驚：這不是要讓我們失業嗎？

然而蕭衍對佛學的貢獻不僅於此，他身為天子，趁著職務之便，還積極提倡推行各種戒律，比如我們都知道出家人不能飲酒吃肉，就是蕭衍的傑作之一。他提出佛門弟子不准飲酒吃肉的戒律，並且撰寫《斷酒肉文》推行全國，指導僧侶們戒酒戒肉。這不免讓人想到，如果當時人們有了吸菸的習慣，蕭衍皇帝會不會領導全國人民進行一場轟轟烈烈的禁菸運動？

做為提倡者，蕭衍身體力行，是節儉的模範代表人物。他酒肉不沾，每天只吃一頓飯，除了糧食、蔬菜就是豆製品，倒合乎今天的健康飲食準則。吃喝節省之外，蕭衍在其他方面也十分節儉，據說他一頂帽子戴了三年，一床被子蓋了兩年。

皇帝帶頭節儉，是一個國家的幸運，能夠杜絕浪費和腐敗。確實，蕭衍憑藉出色的節儉本領，為國家和人民打造了祥和的樂土，但不幸的是這位皇帝又親自將這片樂土斷送了。原因依然是他崇尚佛法造成的。

佛法講究的是施捨，做為俗家弟子，一定要盡其所能施捨自己的所有。蕭衍有能力修建寺廟，於是他大力宣導廟宇修建工作，在梁國境內，先後建立2846座寺廟，什麼智度寺、解脫寺、同泰寺，琳瑯滿目，遍地皆是。後來唐朝詩人杜牧曾經感慨：「南朝四百八十寺，多少樓臺煙雨中。」明明兩千多座寺廟，此人為何吟誦四百八十？不得其因。

修建寺廟會消耗大量財力，造成國力損失，可是與佛相比，這又算得了什麼？風燭殘年之際，蕭衍更加癡迷佛教，他越來越不滿足於兼職做佛務工作，他要親臨第一線，成為真正的佛門弟子。於是人們看到，皇帝脫下龍袍到了同泰寺，穿起和尚行裝，尋求正果。

皇帝罷工，手下人不幹了，慌慌張張跑到同泰寺，千呼萬喚地祈求皇帝回去主政。蕭衍畢竟是第一次出家，也許有些不大習慣，因此僅僅做了四天和尚，就被迫回到廟堂。

這次短暫的出家之行，大大激發了蕭衍的和尚夢，也讓他深深地感覺自己的佛心不純，有違佛門教規，因此不久他再次以身相捨到了同泰寺。此時的蕭衍認為最大的施捨就是自身，不是嗎？釋迦牟尼身為王子，拋棄王位遁入空門，成就佛門老大，我與他同病相憐，也是國家之主，如果拋棄皇位，也一定能夠得到佛門正果。

「皇帝菩薩」當了和尚，又難為了大臣們。多年來，他們習慣稱呼皇帝為「皇帝菩薩」，不管奏章還是日常談話，這句話取代了漢語的「陛下」一詞，可見我們的蕭衍多麼迷戀佛法，多麼渴望成為佛門弟子。此時的大臣們沒有辦法，再次祈求「皇帝菩薩」回宮主持正常工作。

但是這次蕭衍不聽他們擺布，他身穿一般和尚服，手持掃帚，正在打掃廟宇，一副道道地地的和尚模樣。看到大臣們跪拜眼前，他理也不理，最後被逼急了，搬出自己的理論：「既然我已經捨身佛門，已經成為佛門弟子，怎麼可以隨便回去？」

大臣們再三祈求無果，只好求助同泰寺住持，請他幫忙勸說皇帝。住持很有頭腦，對大臣們說：「捨身佛門的人，是不可以隨便回去的。如果你們真想讓皇帝回去工作，就要拿錢來『贖身』。」

「贖身？」大臣們眼睛瞪得比網球還大，其中有人不服氣地說，「皇帝還要贖什麼身？你們也太大膽了吧？」

住持不言不語，再也不理他。

看來佛門聖地，天子與庶民沒什麼區別。大臣們無奈，回去後經過商量，從國庫裡提取一萬萬錢為蕭衍老兄「贖身」。然而，這一萬萬錢竟然打動同泰寺那些貪財的和尚，把蕭衍放回去了。

可是好景不常，也不知是同泰寺和尚太貪婪，還是蕭衍皇帝佛迷心竅，總之他第三次脫下龍袍，悄無聲息地捨身到同泰寺，繼續做起和尚的基層工作。這下，大臣們有了經驗，也不用人指點，便開始到處籌錢，經過一個月時間，湊足了兩萬萬錢，又把蕭衍贖了出來。

嗚呼哀哉，不知道這些年蕭衍皇帝透過節儉攢下多少錢，兩次贖身事件就花去三萬萬錢，想來令人心疼。大概蕭衍也是心疼錢的，因此這次出來後，竟然老老實實地當了一年天子，沒有再往同泰寺扔錢。

不過要是想想當時天下，梁朝境內恐怕再也沒有比同泰寺更風光的地方了。皇帝三次前來出家，已是頭版頭條的新聞事件，加上三萬萬錢的現金收入，同泰寺名利雙收。

然而事情到此還沒有結束，又過了一年，蕭衍屈指一算，自己節省下的錢財差不多了，於是乎第四次遁入空門。梁朝的大臣們如同自己的主子，都是些缺乏創新精神的人物，皇帝老兄前腳出家，他們後腳籌集錢財，再次將其贖回。

如此毫無新意折騰的結果，就是梁朝國庫虛空，蕭衍將窮其一生節約下的金錢，全部用來贖身之用了。這一過程中，國家也失去先前的興旺景象，蕭衍的人氣直線下降，特別是在最後一次離開同泰寺時，當天夜裡電閃雷鳴，竟然擊毀同泰寺的一座寶塔。

有人認為這是不祥徵兆，蕭衍也不願意自己追隨畢生的佛法蒙上陰影，因此親自向天下人解釋：「道越高魔也越高，行善積德一定會遇到障礙。」接著下令重新修建寶塔，比原來的高出三倍。蕭衍相信因果報應之說，投身佛門與政治毫無關聯，他一心一意號召大眾追隨佛法，擺脫痛苦的根源，進入極樂世界。

當然，令蕭衍萬分困惑的是，他終生向善，虔誠求佛，可是在八十六歲高齡時，卻迎來了生命的惡報。有一位叫侯景的將軍發動了叛亂，圍困都城一百多天後，終於俘虜了這位著名的和尚皇帝。

侯景是個殺人魔頭，極其殘忍地殺害百姓和官員，毀壞了「皇帝菩薩」幾十年來創建起的佛法世界，頃刻間將其變為人間地獄。蕭衍說什麼也想不到有生之年會親眼目睹地獄之災，但他仍然保持皇帝威嚴，使殺人不眨眼的侯景不敢與他見面，最終將其軟禁，將蕭衍活活餓死。

八十六歲高齡的「皇帝菩薩」死前沒有實現重修寶塔的心願，甚至連口飯都沒有得吃，不知道這位出色的佛門弟子會如何解釋這樣的因果報應？

亂世文豪，嗜讀如命的南朝梁元帝

梁元帝蕭繹是南梁開國皇帝蕭衍的兒子，這對父子皇帝同時榮登《龍袍怪物》排行榜，而且都是以特殊才能入選，是極為少見的歷史現象。

侯景之亂時，蕭繹做為皇子，是雄踞荊州的藩王，實力強大。老皇帝餓死後，蕭繹在江陵稱帝。這位新皇帝繼承父親的風範，信佛法，不好色，當然，這方面他無法與父親媲美，但他自幼才學卓絕，出口成誦，下筆成章，才辯敏捷，十足神童一個。

神童天子勤奮好學，著作等身，著述四百餘卷，是位不折不扣的大作家，文豪級人物。而且此人學問精深，喜好藏書，利用職務之便搜羅天下典籍，竟然多達十四萬卷，堪稱私人藏書第一家。要知道，當時印刷術還沒有發明，書本經卷都是手抄本，加上造紙術發明時間短，紙張十分貴重，擁有如此之多的藏書，該是多麼值得驚嘆的事情。

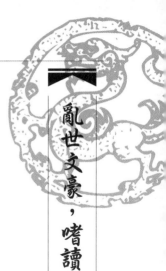

才學、家世、職務、地位樣樣一流，這樣的男人是不是女人的最愛呢？如果妳是徐昭佩，對這個問題的回答肯定讓人跌破眼鏡。徐夫人是蕭繹的原配，十幾歲時奉父母之命嫁給當時的皇子蕭繹。據說當出嫁的婚車走到半路時，忽然狂風大作，樹倒屋毀，繼而雪霰齊下，將婚車的簾幕都染白了。這理所當然被認為不吉的徵兆，徐昭佩就這樣嫁入皇室，與神童結為夫婦。

奈何兩人婚後話不投機，感情疏遠。也許是蕭繹迷戀學識，與夫人疏於溝通；也許是他眼光另類，視夫人猶如河東獅吼，不入法眼；也許是他不好色，難解風情。總之當了皇帝，他也不封這位徐夫人為皇后，只是晉升為皇妃。徐夫人十分不滿老公，這也是明眼人都知道的事，有一次她竟然化妝了半邊臉去見老公。何也？原來這個聽起來似乎風流倜儻、冠絕群士的蕭繹是個獨眼龍，只有一隻眼睛好用。夫人如此這般，意在取笑老公：你這樣的人物，只配看我半邊臉。

可見徐夫人是個沒有多少頭腦的女人，為此吃了不少苦頭。好在蕭繹文人氣習頗重，即便看不上夫人，也沒有對她進行體罰，不過冷淡處之。

然後這位以不好色著稱的才子，卻與王家姐妹演繹另類愛情故事，直到這對姐妹成為後宮新寵。徐夫人眼見難以迷住自己的老公，又不願耽誤大好年華，也就藉機勾引幾位真正的風流男子，演繹了「徐娘半老，風韻猶存」的千古佳話。

蕭繹才子對夫人的所作所為視而不見，繼續自己

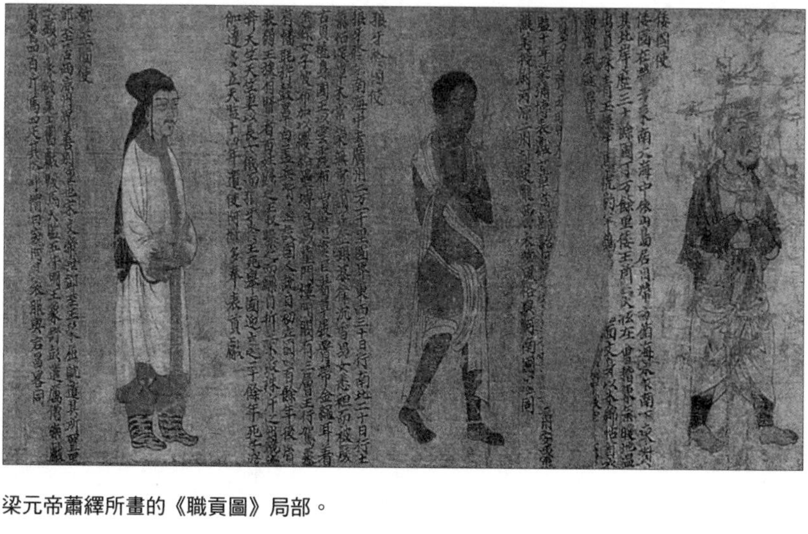

梁元帝蕭繹所畫的《職貢圖》局部。

的學問研究工作，這讓後人總是懷疑，南朝時期人文環境開放，性關係是不是比較隨便。不過這種猜測向來不為歷史注重，也就沒有多少證據可以佐證。

魏晉南北朝時期人們的想法比較怪，樹活一張皮，男人活一張臉。男人如果長得難看，不僅男人不待見，就連女人都不待見。蕭繹因為是獨眼龍，就成了別人惡搞的絕好素材。第一個惡搞他的是六哥蕭綸，此人也會舞文寫詩，一次靈感突現，就蕭繹的「眇目」寫了一首大作：「湘東有一病，非啞復非聾。相思下隻淚，望直有全功。」寫完之後，他還當面抑揚頓挫地唸給蕭繹聽，而且是在大庭廣眾之下，把獨眼龍老弟弄了個大紅臉。

君子報仇，十年不晚，多年後，蕭繹連本帶利在郢州城要了六哥的小命。兄弟惡搞完了，大臣們也趕來湊熱鬧。某天，他到江邊遊玩，一個大臣玩了個黑色幽默，引用楚辭中的一句經典話說：今天真是「帝子降於北渚」啊！蕭繹聽罷，氣得火冒三丈，因為下一句就是「目眇眇而愁予」。罵人不揭短，這位老兄揭短帶諷刺，真是太不厚道了，故此蕭繹總是找他麻煩。

歷史重視好學的才子。蕭繹實在是好學的典範，蕭繹晝夜讀書，真正做到了頭懸樑、錐刺骨，強迫自己不睡覺。蕭繹才子是個天子，日夜都有陪讀的人，這些人負責做什麼呢？負責不打瞌睡。如果他們打瞌睡，會受到特別嚴厲的處罰。

在陪讀們的注視下，想必蕭繹才子的讀書衝勁更高。

蕭繹苦讀，讀成大才子，也讀出文人相輕的臭毛病。他有位長史劉之遴，侯景作亂時恰在建康，好不容易虎口脫險回到荊州。沒想到蕭繹早就嫉妒他的才華，毫不客氣送去毒藥毒死了他。

這還不算，蕭繹才子又親自提筆書寫一篇辭藻華麗、文采斐然的墓誌銘，為他送行。

蕭繹才子不僅喜歡上演文人相輕的戲碼，還將這種習氣發揚光大，誰叫他是天子呢？當然有更多機會展現文人才子心胸狹窄、唯書本至上的精神面貌。

蕭繹有位姑姑嫁到王家，生下好幾位才貌出眾的公子，一時傳為佳話。蕭繹眼見幾位表兄弟人氣上升，吸引目光頗高，心中莫名其妙地產生了反感情緒，總想著藉機侮辱他們一番。終於蕭繹想到了一個辦法，他不是有了新寵王氏姐妹嗎？她們的兄弟也得到了蕭繹的欣賞和重用，其中一人相貌堂堂，是位美男子，而且聰慧忠誠，於是蕭繹為他取名王琳，讓他陪侍左右。

王琳之名有何用意？原來蕭繹的姑父，也就是那幾位表兄弟的老爹，就叫王琳，已經去世了。按照南朝習俗，當兒女們聽到已故父母的名字時，必須痛哭流涕，以表孝心。現在好了，蕭繹身邊有位「王琳」陪侍，每每與表兄弟們相見，他就會不停地呼喚「王琳」做這做那。這時，那些表兄弟們聽到亡父名諱，只能痛哭而已。

表兄弟們一把鼻涕一把眼淚，極大地滿足了蕭繹的虛榮心，讓他大大地自我陶醉，覺得自己的才智實在高超，大腦著實聰明。

實際上，蕭繹以這種方式展現才華的機會非常多，也給人留下深刻印象。他少年時，有位堂兄弟智力有問題，蕭繹為了嘲弄兄弟，就在他的白面團扇上題寫一首詩，讓他日夜誦讀。可憐這位兄弟不知其意，聽者卻都明白，這是自我戲謔的話。

看起來，蕭繹大才子果然非同一般，將才學發揮到極致。按照常理，才子如此聰明，治理國家也該有著超一流水準。蕭繹才子治理國家，也將文人氣習盡顯無遺，最初侯景之亂，他沒有出兵相救，反而忙著收拾同胞兄弟，忙著自立為王。這一過程雖說顯得心胸狹窄，可是為他贏得天子寶座，不失為政治智慧。

然而，當了天子後，蕭繹才子依然嗜讀，著書不輟，並把書本知識奉為至寶，以此管理國家，充分顯示出他紙上談兵、讀死書的才子本色。最可笑的是當西魏軍隊圍困都城時，蕭繹大才子依然在後宮苦讀，好不容易趁著讀書空檔到城牆巡防，還不忘長身玉立在城頭，與那幫酸腐文臣們口占為詩。

大概他對眼前軍事動態頗為感觸，忍不住才思泉湧，想著為後世留下點什麼紀念吧。當年赤壁之戰在即，曹操不也吟誦出「月明星稀，烏鵲南飛。繞樹三匝，何枝可依」的名句。

曹操吟詩，從來沒有得到後世詬病，而蕭繹才子遠遠沒有曹操運氣好，人們對他身處困境，不積極想辦法抗敵的舉動大為不滿。有人提出意見：「現在國家已經無兵可調了，監獄裡還有幾千名死囚，不如赦免其死罪，把他們派上戰場。」組織敢死隊突圍，是兵家常用的辦法。可是蕭繹才子聽罷此言，勃然大怒，認為這是違背書本知識，違背做人道德的理論。身為一國天子，書中教導他最重要的是「君子一言，駟馬難追」，怎麼可以出爾反爾？再說這些死囚身犯重罪，如此赦免也太便宜他們了。想來想去，蕭繹才子不但沒有赦免死囚，還下令趕緊將他們處死。可憐這群死囚犯，臨死也沒有獲得為國效力的機會。

在蕭繹才子主導下，敵軍終於攻破城池，文臣武將紛紛倒戈投降。這種情況下，蕭才子停下吟詩，躲進內城，慌忙下達最後指令：焚燒藏書。頃刻間熊熊烈火燃燒，照亮宮廷內外，十四萬冊藏書化為烏有，只留下《金樓子》一書。此書為何獨以保全？因為這是蕭才子親自所書，其中記載了徐夫人偷情的種種事蹟。原來，徐大嫂在不惑之年奮起餘勇又找了大美男子賀徽。這次她做得很出格，經常跑到附近的普賢尼寺去私會。兩人一邊雲雨，一邊情詩對歌，本著作奸留贓的精神，徐大嫂還把情詩寫在了枕頭上。面對這頂碩大的綠帽子，蕭繹終於拋棄了最後的一絲文人涵養，用自己特有的武器——筆，對她進行了一次空前絕後的報復。臨死之際，蕭才子不忘舊惡，立誓將夫人醜行公諸於世，原來聰明過人的他在這裡留了一手。

再說當時焚燒的書籍，多為孤本和善本，因此這次焚書成為歷史上最大的浩劫之一，比起秦始皇焚書坑儒、清朝禁書毀書，都要嚴重得多。一把火幾乎燒盡了南方全部有價值的圖書，給中國文化造成無法彌補的損失。

蕭才子一邊縱火，還一邊砍柱子，嘴裡大喊：「文武之道，今夜盡矣！」有人問起緣由，蕭才子回答：「讀萬卷書，猶有今日，故焚之。」自己造的孽，自己不檢討，卻去怪書本，這樣的書呆子實在死有餘辜。

與西魏軍一起來攻城的還有蕭才子的姪子蕭詧，姪侄相見，分外眼紅，蕭詧對七叔進行十分解恨的羞辱，然後叫人搬來一袋土，扔到他身上，將一代才子活活壓死了。

亡國之曲，《後庭花》創作者南陳後主

「玉樹後庭花，花開不復久」，這是南陳後主陳叔寶的傳世之作，此人展開一代豔詞靡音之風尚，在文學藝術領域獨樹一幟，譜寫並親手打造著名的亡國曲，不愧為一代宗師。

陳叔寶能夠成就如此事業，完全得益於他的身分和地位。做為堂堂南朝天子，國土雖然僅限於長江以南，可是南陳號稱富庶之邦，人傑地靈，物產豐富，為他提供了充足的物質保障，還有各種人才來源。

史書記載，陳叔寶生於深宮之中，長於婦人之手，這句話常常用來形容那些昏庸無能、亡國敗家的君主，然而這句話到底是何意思？難道是說他們缺乏社會歷練？可是翻開史書，依然會看到很多明君英主也是在後宮長大的，為什麼他們沒有墮落沉淪？相信這與其中的教育學問大有關係。

少年時代的陳叔寶聰慧端正，表現優異，才學方面十分突出。等到當了天子，陳叔寶將自己的才學特長發揚光大，沉浸詩詞歌舞之中，創造大量豔麗辭賦舞曲。獨樂樂不如眾樂樂，陳叔寶喜歡熱鬧，尤其喜歡文人騷客們相聚一堂，共度歡樂時光。

對陳叔寶來說，實現這一理想太簡單了。朝中多俊士，文人滿南國，前來巴結逢迎他的人不計其數，其中當屬江總、孔範最為代表。他兩人不僅好學能文，擅長七言、五言，是當時名流。而且他們與那些憂國憂民的文人不同，他們懂得享受生活，與天子同樂，為天子掩蓋過失。看一看孔範的行為，就可對其瞭解一二。陳叔寶有位寵愛的孔妃，孔範想方設法與之結為兄妹，妳姓孔我也姓孔，五百年前是一家，從此，他攀上了皇親。

文人聚會，風雅的舉動不外乎飲酒、作詩、聽曲。陳叔寶他們也離不開這些活動，不過他們還有更高級的娛樂節目，所謂才子美人，兩者怎可偏廢其一。何況皇宮之內，美女遍地，哪能少得了她們？當然，陳叔寶是風流天子，不會隨便找幾個美女做陪襯，他要的是才貌雙全、風情萬種的女子。為此事陳叔寶煞費苦心，在宮內左挑右選，總算敲定了最後人選，並將她們做了簡單劃分：才色兼備的宮女名為「女學士」，才有餘色不及的，屈為「女校書」。

如此一來，每每聚會，女學士、女校書們奉命到場，與騷客們你吟我答，飛斛醉月，眉目飛舞，淫靡失態，好一幅淫樂圖。當然，每次聚會都會評選出特別豔麗色情的詩詞，然後譜上曲子，交給聲樂組的女生們去傳唱。

人類自古就有跟風的時尚，這些淫靡詞曲很快流傳世間，被廣為推崇模仿，於是「壁戶夜夜滿，瓊樹朝朝新」兩句讓人浮想聯翩、頗具淫穢意念的詞句流傳千年，直到今天依然被人把玩。

南陳後主陳叔寶。

陳叔寶的宮廷詩樂派對常開常新，成為他的代表作之一，也成為他天子生涯中才藝特長的具體表現。不過在他看來快樂似神仙的生活，也會遭到他人反對，有位朝臣對他說：「陛下，現在老百姓們生活貧困，到了飢不擇食的地步，國家危在旦夕，您不能這麼沉迷玩樂，應該想辦法好好治理國家。」

不知為什麼，陳叔寶最恨有人說老百姓如何窮困這樣的話，所以他聽到這樣的勸諫，除了發怒，就是想辦法殺掉這位朝臣。想想朝臣也是的，陳叔寶並非暴虐之主，何必逼他殺人？

孔範就很懂事，從來不對陳叔寶說百姓之事，而且總會想方設法掩飾他的過錯，並給他提出一些建議：「那些將軍都是行武之人，不過是匹夫罷了，能指望他們有什麼深謀遠慮？怎能比得過我們這些知識分子？」陳叔寶很贊同，從此對帶兵的將帥們多有不滿，一旦他們有了過失，立即奪權處置。結果，刀筆吏成為吃香的職業，國家軍事實力急劇下降。加上陳叔寶奢侈無度的生活開支，國力急速衰退。

陳叔寶自動削弱武力裝備，還有一個不足為外人道的原因。人人都知道，他特別寵幸美人，喜歡為嬪妃們修建樓臺宮闕，喜歡她們住在華麗猶如天宮的地方。為此不遺餘力搜刮錢財，修築了富麗堂皇的迎春閣、望仙閣、結綺閣等。這些樓臺雕欄玉砌，四周種植奇花異草，微風吹過，香飄十里。為了方便走動，陳叔寶還別出心裁地將這些樓閣用長廊連接，這樣颳風下雨時，自己也可以自由穿梭於美人的房間。

在所有美人中，陳叔寶最寵幸張麗華。此美眉確實千古少見，人間至色，她那一頭美髮，長及地面，黑亮如漆，可以像鏡子一樣照出人影。據說她在樓閣中臨軒梳妝，遠遠望去，宛如仙女一般，渺渺仙境，可望不可即。

張麗華能歌善舞，才藝超群，是陳叔寶創作詞曲的最佳演唱者，是超一流的藝術家；而且頭腦靈活，記憶力特好。陳叔寶忙於文藝，所以當時官員們的奏章，需要經過兩位宦官初步處理再送達天聽。照說這兩位宦官也是極具才能的，無奈國事太多，偶爾也會忘記一些內容。這時張麗華會輕描淡寫地為他們逐條裁答，從無遺漏。這樣的事情多了，陳叔寶大呼驚喜，對張麗華更是另眼相看，後來處理國事時，直接把她抱在懷中，與她共同研究決斷。

張麗華臨機決斷，不管什麼事情到她那裡，都會順利解決。什麼開脫罪責啦！什麼罷免官員啦！南陳朝廷上下，但知張麗華，不知陳叔寶。

張麗華如日中天，自然吸引了萬千粉絲，其中著名武將蕭摩訶的夫人，正值妙齡，也是一名粉絲，有事沒事總愛往後宮跑，跑去與張麗華聊天。誰會想到，此女看到張麗華與老公卿卿我我，你儂我儂，便偷偷羨慕起來。尤其是看到陳叔寶憐香惜玉，風流倜儻，真乃男人中的極品時，於是想入非非，情不自禁地拋起了媚眼。

陳叔寶是風月場中的人物，哪能不解此種風情，一來一往，顧不得對方武將夫人身分，把握機會，將其帶入密室。一番翻雲覆雨之後，再也難分難離，從此常將其留宿宮中，並對外稱：「張夫人留之。」

蕭摩訶直性人，一開始信以為真，還暗暗高興老婆攀上張夫人這棵大樹。可是世上沒有不透風的牆，特別是風流韻事，很快傳得人盡皆知。這時他才知道皇帝給自己戴綠帽子，暴跳如雷：「我出生入死，幫助先帝打下天下，現在卻遭到如此侮辱，真是沒臉見人啊！」

從這一過節中，我們可以想像到，陳叔寶對武將不懷好意。所謂做賊心虛，不要以為賊偷了東西會感激失主，相反，會忌憚失主，害怕他們報復。

沒臉見人的蕭摩訶無法嚥下這口惡氣，於是採取了報復手段。當然這是陳朝滅亡之際的事情，隋朝軍隊攻入國都時，那位大言不慚「虜隋軍馬為己有，立功封侯」的孔範不見了蹤影。陳叔寶慌忙召見武將，徵求他們的退敵良策，身為大將之一的蕭摩訶一言不發，並且打開了朱雀門投降隋軍。

陳叔寶眼見大勢已去，急中生智，帶領自己的張美人、孔貴妃，在萬千大軍面前上演一齣「隱身大法」，從宮廷中消失了。攻進來的隋軍好生奇怪，南陳天子還有這般法術？疑惑間，有人手指枯井，暗示所在。隋軍將領趴在井口，大聲呼喊。奈何陳叔寶死也不回話，心說：「你喊也無用，我不答應，看你怎麼辦？」隋軍將領倒是很聰明，他朝著井底喊道：「你不答應，我就扔石頭了。」說著，讓士兵們搬過大石頭放在井口，做出落井下石的樣子。

這一舉動非常有用，陳叔寶急忙回應，連呼救命。隋軍士兵拋下繩索把他拉出來時，震驚怎麼如此沉重，等到拉出井口，才發現竟然有三個人，除了陳叔寶外，還有張麗華和孔貴妃。接著，士兵搜查皇宮，在陳叔寶床底下，發現很多將領們向政府告急的十萬火急文書，還沒有拆封。由此可見，陳叔寶真的是愛美人肯捨江山的頑主。

玩物喪志，馬球先生唐僖宗

李儇要是活在今天，肯定會為中國人贏得了面子，為什麼這麼說呢？因為他是位著名的馬球先生，其影響力不在當今世界足球先生之下。想想大唐帝國，絕對超一流國度，又有位如此出色的人物，該是多麼值得中國人慶賀的事情。

然而李儇很不幸，他生活在大唐晚期，而且更為不幸地被一群宦官擁戴當了天子。李儇本來有五個哥哥，他完全可以悠哉悠哉地做馬球王爺。可是這些宦官不這樣想，他們認為小皇帝好控制，於是也不知採取何種手段，就讓老皇帝看中小兒子李儇，讓他接了班。

雖說李儇小小年紀，卻十分聰明，騎射、音律、劍槊、法算，樣樣精通。知道這都是些什麼科目嗎？僅說其中一項就令你汗顏，法算包括《周髀》、《緝古》、《五經算》多門學科，明白了吧！要生在今天，李儇絕對是位數學天才。

這些還不能說明李儇的出色之處，他擅長的是打馬球。想當年唐明皇年輕時曾經大敗吐蕃馬球隊，為大唐贏得無上榮譽，終其一生都愛好馬球。如今他的後人李儇繼承了這一傳統，將馬球事業推上了巔峰。

李儇如此喜歡馬球，玩起來特別投入，常常四、五個時辰都不知道累，可謂廢寢忘食。當然，馬球是項集體運動，因此李儇不得不溜出皇宮，跑到各個王府之中，找那些與自己年齡相仿

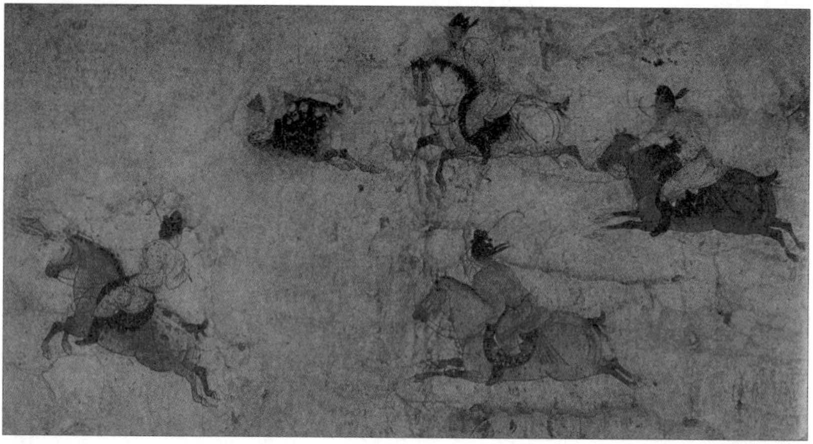

唐朝宮廷最盛行的運動——馬球。

的公子哥兒們，切磋技藝。

努力就有回報，經過不懈鍛鍊，當然加上李儇天資聰穎，他很快脫穎而出，成為大唐王朝最出色的馬球先生。據說李儇可以騎在飛奔的馬上，用球杖連續擊球至數百次之多，那真是快如閃電，疾如迅風，讓人眼花撩亂，目不暇給。就連那些打球老手都嘆服不已。

馬球運動在當時非常盛行，可算得上普及活動，特別是在貴族階層中，幾乎每位男子都會揮動球杆，來上一兩場比賽。馬球具體過程就是騎在馬上，手持球棍（也叫球杆、球杖）擊打球，以把球擊入球門為勝。看起來與今天的足球比賽很相似，不過多了馬匹和球棍，而且球體也有變化。當時的球也叫鞠，個頭比較小，男子拳頭大，多用品質輕卻有韌性的木料製成，將中間挖空，外面塗上紅色或者進行彩繪。大唐時期，幾乎所有天子都喜歡打馬球，建設了許多球場，以備使用。

李儇就在這些球場上叱吒風雲，擊敗對手，彰顯皇帝威儀。有一次，他和一位叫石野豬的伶官打球，打得格外激烈，俗話說「棋逢對手」，遇到有水準的對手才會打出自己的水準與自己的特色，才會格外開心。這次李儇就達到此種境界，接連擊敗馬球高手石野豬，於是對自己的高超球技感到格外得意，頗有些洋洋自得地對對手說：「如果科舉考試設立馬球進士這門學科，我肯定會考取狀元！」

科舉考試起始於隋唐時期，是當時國家選拔人才的一種制度，考中者統稱為進士，其中第一名為狀元。

看來，李儇對自己的馬球技藝太滿意了，因此毫不顧忌皇帝身分，情願與狀元郎相提並論。但他沒有想到自己這句話會流傳千載，成為他的代言詞。後世人們認識他，記起他，無不從這句話入手。

再說那位石野豬先生也非常人，畢竟是李儇的馬球運動，彼此說話自然隨便些，而且他輸了球，心情也沒有李儇那般高亢，因此毫不客氣地回敬小皇帝一句：「要是讓堯舜這樣的聖君做主考官，恐怕陛下非但不能考中狀元，反而要被淘汰。」輸球就輸球，這小子竟然玩起人身攻擊。但李儇心胸開闊，只是一笑了之。

不過大多數人都有好奇心，喜歡八卦故事，從石野豬這句話中，很多人就聽出了弦外之音。李儇馬球打得再出色，也是業餘運動員，他的本職工作是做皇帝。難道真如石野豬所言，李儇的本職工作很差勁？沒有唐明皇那樣，邊打球邊治理出個「開元盛世」來？

李儇是宦官們擁立的皇帝，這樣的皇帝被宦官們稱為門生天子。既然是門生，就要好好調教。為此，宦官們在調教天子方面做得十分投入，唐朝有位大宦官仇士良，曾經指點自己的同道中人如何調教門生天子，他說：「不能讓天子閒著，除了美女美食、歌舞玩樂誘惑，讓他們沉醉其中不理政事外，還要注意變換花樣，讓他們沒有時間想其他事情。當然了，盡量不要讓他們讀書，更不要接近書生，知道為什麼嗎？書本和書生都是我們的敵人，會告訴天子前朝滅亡的教訓，會讓天子疏遠我們。」這句至理名言，被後世宦官們奉行，當然也被李儇的宦官們奉行，如此這般調教李儇。

調教李儇最有名的宦官當屬田令孜，此人發揚前輩遺訓，並努力革新進步，配合李儇的玩樂天性，終於為大唐培育出有名的敗家皇帝。李儇十分依賴田令孜，稱其為「阿父」，把國政委派給他，自己盡情享受娛樂。

馬球狀元李儇不僅玩得花樣百出，還把馬球運動施行到治國策略之中。一次，西川節度使出缺，朝廷提交四位候選人請皇帝定奪。李儇接到這個工作，躊躇不定，怎麼辦呢？派誰去好呢？忽然間他計上心頭，招呼這些人來到馬球場，傳下聖諭：讓那四位候選人來場馬球比賽，誰贏了誰就做西川節度使。

這一高招出臺，候選人之一的陳敬暄高興極了，他雖然是位賣燒餅的，但早就與田令孜有所往來，並得到後者提示：要想擠入上流社會，必須天天在家練馬球，沒想到這次真的派上用場了。

結果，陳敬暄獲勝而出，贏得西川節度使一職。可惜候選人崔安潛，本來在西川做得好好的，奈何馬球打得差，只能將大權拱手送人。

從這件事上可見李儇是如何治國，如何讓馬球變成誤國運動，背上千古罪名的。為了滿足李儇肆無忌憚的玩樂，朝廷不得不多方搜刮民脂民膏，加上那麼多宦官老爺們賣官專權，終於導致了農民起義的爆發。李儇只好在「阿父」挾持下兩度避難四川，並最終丟了江山。

因為玩樂丟了江山，這樣的皇帝往往被後世冠之以「僖」字，不務正業之意。所以我們的馬球狀元李儇史稱唐僖宗，二十七歲就丟了性命。幸運的是，他雖然是幾度逃離京師，卻是在長安宮中的武德殿駕崩的，而且在當年的十二月被葬在了靖陵。

煉丹修道，不問蒼生問鬼神的明世宗

如果問你「靈霄上清統雷元陽妙一飛玄真君」是誰，你可能回答不出來，也可能會機靈地說：「是位道士吧！」猜對了一半，這位道士身兼兩職，還是大明王朝的皇帝，明世宗朱厚熜是也。

朱皇帝時期，有首小曲這樣唱道：「一日南面坐天下，又想神仙來下棋。洞賓與他把棋下，又問哪是上天梯。上天梯子未做下，閻王發牌鬼來催。若非此人大限到，上到天梯還嫌低。」這首曲子不知何人發明，卻活靈活現地揭露出朱皇帝的心態和志向。他信奉道教，崇拜道士，實乃道門中的至誠弟子。

當然，每個人的信仰發展都有歷程，朱皇帝也不例外，最初他只是小小地迷信道教，將龍虎山上清宮的道士邵元節請進宮中，共同探討長生之術。沒想到這這位邵道士非常人可比，察言觀

明世宗坐像。

色，很快明白了朱皇帝的真實心理需求，於是拋棄道教最推崇的「清心寡慾」之說，對皇帝大談「主靜」。何謂主靜？自然是房事問題。原來，邵道士從朱皇帝色瞇瞇的眼神中，看出了玄機。

皇帝高興，萬事好辦，邵道士從此住進顯靈宮，負責大明朝祭祀祈禱事宜。祭祀祈禱是古代宮廷重要的禮儀活動，分為祭祀天地神靈、祖宗廟堂等等，通常由皇帝親臨主持，十分隆重。邵道士一步登天，成為國家禮儀主要決策組織者。

也是邵道士時來運轉，不久天下大旱，莊稼歉收，朱皇帝剛剛登基，所謂新官上任三把火，於是比較英明地決定：請邵道士求雨。這可是向天下人展示本領的機會，邵道士不敢怠慢，在法壇之上呼風喚雨，兢兢業業地工作十幾天，老天真是幫忙，果然下了一場雨。

這場雨水解決天下旱情，也封住好多人的嘴巴。朱皇帝勝利了，高興地晉封邵道士為秉誠致一真人，當然不只給他名號，還給他更大的權力，掌管朝天、顯靈、靈濟三宮，做道教總管。一句話，邵道士成了道教的老大，腰佩紫衣玉帶，手持金、玉、銀、象牙印章各一枚，上面篆刻著各種封號。

有人會說，邵道士得寵，多少也是為民謀福的結果，好像沒什麼值得大驚小怪的。如果這樣想，就小看邵道士和朱皇帝了，他兩人比誰都清楚，他們之間還有不為人知的其他秘密。

言歸正傳，當初邵道士進宮見駕，一眼就看出朱皇帝所需，並且提出「主靜」學說。兩人心照不宣，此事進行得如火如荼。這位朱皇帝雖然正當青年，嬪妃無數，他也天天忙碌著佈施雨露，無奈一顆種子都不發芽，幾年下來，皇宮之內聽不到一聲呱呱墜地的哭聲。現在，朱皇帝請來活神仙邵道士，既然可以祈求上蒼降雨，自然可以解決天子的生育問題。邵道士不愧為活神仙，包治人間百難，以「打醮」妙方開壇施法，並建議朱皇帝多與處女交配，可以達到採陰補陽、延年長壽的效果。

「打醮」是道教流傳已久的法事，以供奉玉帝、佛祖、太上老君等神位，禱告以求解災降福。同時向地藏王、菩薩祭祀，不用說，這些活動會動用大量財力和人力。

經過十年努力，朱皇帝終於迎來自己的第一批兒子。朱皇帝不忘活神仙恩德，封他做了一品大員，禮部尚書。看來，在朱皇帝眼中，這位邵道士不愧為禮儀典範，堪比聖人。這樣的模範人物，就連朱皇帝本人也羨慕起來。道法無邊，可以滿足人們的一切需求，看來自己不僅要信奉道教，更要成為道教一分子，才可實現長生不老的宏願。於是他毅然決然地緊閉宮門，專心致志鑽研道術。

道術中最常見、又能滿足人體某些需求的當屬金丹。人常說「仙丹妙藥」，就是指的此物。金丹用什麼煉成的呢？原料不外乎丹砂、雄黃、硫磺、水銀之類。聽起來這些東西好像都是重金屬，對人體有害無益。實際情況正是如此，道士們將這些東西放進煉丹爐，經過複雜、神秘的手續，實則不過加熱而已，就會發生化學反應，形成鉛汞化合物。道士們認為，這是他們辛苦煉成的「金丹」，可以包治百病，長生不老。當然，不少人在長期服用金丹後，會中毒身亡。如果這樣的事件屢屢發生，道士們做何解釋呢？他們稱之為屍解成仙。也就是說，這是得道升天，實現長生不老的途徑。

然而我們的朱皇帝信奉不已，不但長期服用金丹，還學會了如何煉丹。為了煉丹，他必須少接觸外人，可是他還是皇帝，怎麼辦？如今他一心求道，也不願繼續兼職，於是乾脆讓太子監國。可憐的太子只有四歲，卻要日日上朝接見大臣，其辛苦程度不亞於父親煉丹。

每個王朝都有不識趣的人，朱皇帝這般煉丹求仙，也遭到大臣們的反對。既然他們阻止自己長生，那麼朱皇帝也就不客氣，下令實行廷杖之刑。廷杖，就是打屁股，古人有刑不上大夫的舊制，自從朱姓皇帝坐了天下，這項制度就廢除。這位朱皇帝也很欣賞這一刑罰手段，屢屢推行，打死了不少大官。這次，勸諫者又被脫下褲子，露出屁股，推到朝堂外挨板子。堂堂朝廷大員，以明晃晃的屁股示人，在注重禮法面子的中國人眼中，是非常丟人的事。

在這場廷杖之中，丟人事小，性命事大，如果你一味害怕屁股走光，反倒不如擔心一下自己的性命是否保全。大多數情況下，廷杖是會打死人的，不會給你苟延殘喘的機會。這次廷杖照樣要了勸諫者的命。

從此，朱皇帝更加專心地投入煉丹修道之中，並大力提拔同道中人。繼邵元節之後，陶仲文成為又一幸運道士，榮登少保、少傅、少師的「三孤」極品。「三孤」是從漢、唐以來，專門封賞德高望重大臣的官品，地位極高，因此從來沒有一人身兼數職的現象。這位陶道士倒是開了先河。

既然先河已開，陶道士也不客氣，乾脆以身試政，干預朝政，並挑撥皇帝父子之間的關係。照說朱皇帝花費了不少精力，才有了子嗣，陶道士何德何能，可以挑撥他與兒子的關係？可是陶道士自有他的道理和學說，他對朱皇帝講：「二龍不可相見。」就這麼簡單一句話，朱皇帝立刻開始冷淡兒子們，在太子去世後，他拒不立新太子，也不見其他兒子們，就連兒子有了兒子，也不敢讓他知道。這位皇帝大人，恐怕一心想著長生不老，恨不能時光倒流。

陶道士不僅直接干預皇帝家事，還將觸手伸向朝臣大員。實際上這時很多趨炎附勢的人都開始巴結陶道士，希望藉助他的臂膀更上一層樓。這些人之中就有赫赫有名的嚴嵩嚴大人。

嚴嵩非常乖巧，看準了朱皇帝的命脈，知道要想晉升必須與道士緊密配合。當時道士們做法事，需要當場燒一些寫著美妙辭彙的文章，獻給上天。這些文章有個統一稱號：青詞。嚴嵩才華橫溢，書法精妙，是文壇領袖級人物，書寫青詞，對他來說自然小菜一碟。他靠這項技巧，很快得到朱皇帝青睞和重用，提拔為宰相。

嚴嵩靠青詞發跡，為政期間與陶道士內外勾結，做了很多壞事，受到世人唾罵，也得到一個不雅的尊稱「青詞宰相」。然而朱皇帝格外欣賞嚴嵩，覺得這個宰相聽話好用。何以見得呢？用兩件事可以說明原因。一次，朱皇帝興起，用荷葉親手製作香葉冠，頒發給大臣們。可是許多大臣不肯戴，認為有辱斯文。而嚴嵩不這麼想，他回到家，用輕紗罩住香葉冠，高高興興地戴著上朝辦公。還有，朱皇帝煉丹日久，也想讓朝臣們分享自己的成果，不時恩賜給他們幾粒丹藥。這種事情也是呼應者甚少，只有嚴嵩一人高歌猛進，不但每粒必服，還認認真真地書寫服用體會。這種實驗精神，著實值得表揚。

朱皇帝的道教事業蓬勃發展時，也遇到過一次打擊，那就是著名的「壬寅宮變」。因為這位皇帝大人苛責嚴厲，為了追求長生，從民間搜集幼女，取其經血，做為丹藥之用。這個過程中，不少宮女慘遭橫死，激起民憤。一天夜裡，以楊金英為首的十幾位宮女聯合起來要勒死他。

結果朱皇帝命大沒死，從此他更加相信道教的神通，乾脆搬到西苑專心道術，直到屍解升仙。

開礦收稅，守財奴皇帝明神宗

俗話說：「人為財死，鳥為食亡。」貪財是人的天性。這本性在明神宗朱翊鈞身上得到充分表現和發揚。這位人稱萬曆皇帝的朱翊鈞在位長達五十年，從英氣勃發的少年天子，直到垂垂老矣，在歷史上留下深深的印記。

朱天子十分愛財，為了斂財，在輔政大臣張居正去世後，親自查抄其家，將所有財物歸為己有。其實張居正也沒有多少財富，這位大人物以「工於謀國，拙於謀身」名留史冊，不但自己沒有錢，還一心教導朱天子也不要貪財，要做一位明君聖主。少年時代的朱天子是聽話的，是張居正的好學生，也有一

明神宗朱翊鈞。

顆雄心壯志，奈何那時年幼，不懂人事艱辛，可謂「不當家不知柴米貴」，一旦親政，立刻感到財力吃緊。

皇帝缺錢，其中滋味更辛酸。朱天子為了發財致富，不得不發明很多辦法。當然，最有效、最直接的方法就是增加稅收。不過國家稅收制度早就有了規定，該收多少，如何支配，這些錢財都是有數的，有專門機構管理，不是朱天子的業務範圍。這讓朱天子很不爽，都說「普天之下，莫非王土」，既然天下是我的，為什麼錢財不歸我管？想來朱天子選錯了行業，要是做個戶部尚書，管管錢財，是最合適不過的了。真是「男怕選錯行，女怕嫁錯郎」。

更讓人不爽的是，當時行業比較穩定，跳槽的事情幾乎不可能發生，尤其是朱天子的職位，動一髮而變全局，牽扯面太廣，如果沒有戰爭或者政變，根本沒有變動的可能。就是說，如果沒有意外，他到死都要當皇帝。

認清自己的身分、地位後，朱天子只有變換花樣增加個人收入，以實現管理錢財的理想。他發現當時礦稅是棵搖錢樹，可以提供大量金錢。不過註冊在案的礦業資源，稅收都被國家機構收走，輪不到他。這也難不倒朱天子，他乃當今皇帝，金口玉言，不管金礦、銀礦，還是鐵礦、銅礦，只有他做出批示，才能進行採購。這讓他大感喜悅，於是充分發揮自己的職業特長，不時地指著地圖上某地，自言自語說：「這可以開礦，那可以開礦。」

既然可以開礦，朱天子就可以派人去收稅。因此，這些「礦」是朱天子的私人礦，不用內閣大臣們同意。既是私人礦稅來源，就要用心腹之人去收稅，不然會被國家機構徵收走。怎麼看怎麼覺得朱天子不是大明皇帝，倒像是無證經營的地下公司老闆。

朱天子財迷心竅，他派出大量心腹太監，做自己的徵稅史，讓他們到自己制訂的「礦區」搜刮錢財。這些太監老爺們到了地方，勾結當地流氓地痞，到處敲詐勒索。不愧是心腹之人，他們非常瞭解朱天子的心中所想，專門指著老百姓的祖宗墳墓、住宅、良田、商鋪，硬說地下有礦藏，必須繳礦稅。

礦稅為朱天子帶來源源不斷的收入，讓他大大地過了癮。想一想，躺在金銀財寶上睡覺，該是多麼興奮的事情。可是朱天子不滿足於此，他還接連不斷地想出致富良策，先後推出採木、燒造、織造、採辦等多種名目，來積累財富。當然，有時候收不到現金，也可以器物代替，有一次，景德鎮御窯廠就為他燒製了二十三萬多件瓷器。

朱天子手頭上的錢多了，國庫裡的錢卻少了。有了錢的朱天子將這些財富花費在酒色上。二十多歲後，朱天子開始日夜飲酒作樂，曾經一天之內娶了九位妃子。皇帝娶妻，不是按數目算的，是按級別。歷朝歷代，嬪妃制度規定不大一樣，不過歷來都有「三宮六院七十二嬪妃」之說，表明皇帝的老婆之多。

更有「三千佳麗」之稱，也是說明皇帝的後宮充盈。到了萬曆皇帝時期，朱天子也將後宮安排的滿檔。當時，皇后之下分為賢、淑、莊、敬、惠、順、康、寧不同級別的嬪妃，每個級別都有數人甚至數十人。除了嬪妃外，後宮中還有女官，明朝實行六局一司制，共有七十五位女官，六局為尚宮、尚儀、尚服、尚食、尚寢、尚功。從名稱可以看出，她們主要負責皇帝的吃、穿、住、行等事宜。一司為宮正，是負責戒令責罰的。這些女官品級都是正六品，比縣令高一級。另外，後宮還有女史，到了萬曆皇帝，又正式冊封自己的鄭貴妃為皇貴妃，位列皇后之後。

當然，這些演法不包括無名無職的眾多宮女，加在一起的話，朱天子應該每天身處幾千名女子環列之中。結果，朱天子像歷史上很多皇帝一樣，也無法對性對象做出準確選擇，不知道今夜該睡在哪位美人懷裡。他倒有些浪漫情懷，傍晚時分就去放螢火蟲，哪位女子頭上停的螢火蟲多，朱天子就去臨幸誰。於是，妃子們紛紛在頭髮上灑香水，誘惑那些不知何故受寵的螢火蟲，來達到與朱天子交媾的目的。

從數目眾多的嬪妃宮女可以看出，我們的朱天子為何這般貪財了，他要養活這些人。更何況這些人不比常人，吃喝用度都是國家級標準，每年光化妝品一項開支，就要四十萬兩銀子。試想，要是連老婆們的頭油錢都付不起，這位天子大人是不是很失意？

朱天子不僅要支付大、小老婆們開支，還要為太監們買單。太監們都有官品級別，按照國家規定領取工資，朱天子還偏愛十位相貌俊美的小太監，讓他們服侍左右，起臥承恩，號稱「十俊」，也就是皇帝的同性戀人。

朱天子這般所為，遭到一位大臣的勸諫，批評他沉迷酒色財氣。朱天子年輕氣盛，暴跳如雷，從此以後又多了一個毛病：奏章留中不發。奏章是大臣們向皇帝陳述天下大事的文檔，也是皇帝處理事務的直接依據，除非遇到特殊情況，都要做出即時回應，或者同意、或者否定、或者批評等等。像朱天子這樣，將所有奏章都留下來，卻不表態，就造成了一個結果：國家機能不能正常運轉，朝政陷入癱瘓。

大明朝政一癱瘓就是二十八年，直到朱天子去世。我們的萬曆皇帝真是想得開，二十多年持續不上朝，很多京官根本沒見過他老人家的面。朱天子深藏後宮，不與外廷聯繫，這個皇帝當的，該讓多少權慾薰心的人嘆氣：好不容易當回皇帝，最起碼也該耍耍威風，殺殺人、封封官，這麼躲起來是何道理？

朱天子不理政，大明天下連官員數量都銳減，因為沒有他批准，官員就不能上任。有一次，內閣大臣費盡心思讓皇帝在委任官員的奏章中簽字，這次朱天子倒是配合，無奈簽字後，官員還是不能到任，為何？因為這些委任書需要吏部的都給事中下發，當時吏部的這個職位上根本沒人，誰去發通知？

酷愛木工，怪僻誤國的明熹宗

中國人都知道，木匠界祖師爺乃是魯班，不過從他之後，似乎很有名的木匠師傅不多見。真不知這是中國人對木匠工作的偏見，還是木匠業本身人才不濟。有幸的是到了明朝末年，有一位木匠師傅隆重登場，他的出世再次讓人們對木匠業刮目相看，也為史學家所津津樂道。

這位師傅姓朱，凡是他看過一眼的木器用具、亭臺樓閣，都能照原樣製作出來。

朱師傅的作品很多，除了各式家具、漆器、梳妝檯、首飾盒，還有各式各樣的船隻模型。據說他曾經在宮中仿照乾清宮的樣式，做了一座微小模型宮殿，高不過三、四尺，但曲折微妙，巧奪天工。除此之外，這位朱師傅工作還特別認真，甚至達到了偏執的程度，每每完成一件作品，如果稍不如意，就會扔了重做，從不厭倦；而一旦對作品滿意，就會反覆欣賞把玩，自得其樂。

由此可以看出，這位朱師傅從事的木工工作，與一般木匠做日用品不可同日而語，根本不是一回事。在古代，木匠不過是手工業者，地位不高，大多數人也就以此為業養家糊口罷了，怎麼可能做了又扔，扔了又做呢？這看起來好像是從事娛樂活動，而不是做苦力的。

如果你有了這些疑問，那麼恭喜你，這位朱師傅確實非一般木匠，他的另一個身分乃是大明王朝第十五位天子，天啟皇帝朱由校是也。

朱師傅竟是個皇帝，這倒令人稱奇。不過你也沒必要太大驚小怪。要說起來，魯班雖然是木匠，在當時還是楚國大臣。再說，誰規定皇帝不能有業餘愛好？有業務愛好可以調節人的精神面貌，其實並不為過。可是我們的朱由校皇帝很不幸，他所從事的木匠工作，多年來一直被國人否定再否定，被認為是誤國之舉。

事情的起因是這樣的，朱由校年僅十五歲時，生活中發生了兩件大事，一是父親接班做皇帝，他榮升為皇太子；二是父親只做了二十九天皇帝，就一命嗚呼了，於是他的地位繼續提升，成為大明王朝至高無上的特權人物——天子。這位少年皇帝接班後，最讓他頭痛的問題是自己沒有讀書，基本看不懂奏章。

朱由校正式工作後，讀書識字的機會更少了，因為有一個泱泱大國等他治理。在擔負著如此沉重的工作量之餘，誰還有精力去讀書識字？

朱由校一開始將朝政委託給一群書生——東林黨人，讓他們替自己治國安天下。書生治國，眼高手低，也不知這些東林黨人水準有限，還是朱由校身邊能人輩出，就在國家命運剛剛出現轉機的時候，中國歷史上赫赫有名的兩位人物登場了。其實這兩人早就是朱由校的紅人，一位是他的奶媽，從小把他餵養大；一位是他的心腹太監，生活的左右手。前者被朱由校封為奉聖夫人，後者就是魏忠賢，具體工作是幫助皇帝治國。

奉聖夫人和魏忠賢這對天子紅人，不知怎的就與東林黨人反目成仇，而且憑藉著與天子的特殊關係，總想除掉這些眼中釘。東林黨人還想搞政治，卻連這兩個人物都對付不了，可見大明國運衰微，活該倒楣在這兩人手中。奉聖夫人和魏忠賢要風得風、要雨得雨，想幹什麼就幹什麼，就連皇帝的嬪妃們，也是說殺就殺，鬧得後宮大院人心惶惶。

當然，奉聖夫人和魏忠賢不會滿足於管理後宮，還要成為國家機能的實際操控者，為朱由校處理天下大事。

對朱由校來說，不管是誰替自己管理天下，結果都差不多，都省得自己操心，那樣就可以放心大膽地去做自己喜歡的事情。魏忠賢做為大太監，繼承幾千年來職業先輩們流傳下來的金科玉律，把朱由校服侍得開開心心，並且引導他將業餘愛好發揚光大，終於成為能工巧匠。

朱由校的寢宮內根本看不到書籍典章，唯有錛、鑿、斧、鋸、刨等各種木匠工具，還有一堆堆各式木料。當然，我們的小朱天子身邊，也從不見文臣武將，除了太監、宮女，就是一群木匠師傅。

朱由校禮賢下士，與木匠師傅們平起平坐，對其中技藝突出者還格外尊重，虛心求教。他每每學會一項技巧，必須親自動手反覆試驗，刨削打磨，精益求精。很快朱由校的技藝大增，一般能工巧匠根本比不上他。當時木匠打造的睡床，都是十分笨重的，要十幾個人才能搬動，用木料多不說，樣式也很古板。朱由校發現這種情況後，親自動手設計圖樣，選擇木料，經過一年時間製造了一張新式床，床板可以折疊，攜帶十分方便，而且床頭、床架都是鏤空雕刻，精緻美觀。這款床推出後，匠人們大呼奇蹟，市面反應也很好，得到推廣流行。

朱由校常常讓太監們拿著自己的作品，到市場上出售，如果好賣，他就很高興，興奮地繼續工作到深夜。如果滯銷，他也像常人一樣，備受打擊。

朱由校還開創了製造黃花梨木家具的先河，這種木料極其珍貴，木性穩定，不管冷熱都不變形不裂縫，韌性極強，適合做各種異形家具，而且這種木料顏色金黃而溫潤，質感輕，紋理清晰，木紋中常常見到如狐狸頭、老人頭等形狀的紋理，俗稱鬼臉兒。如此貴重的木料產地十分遙遠，在遠離大明國都的海南省，可謂遠隔千山萬水。然而一切困難到了朱由校這裡，都會迎刃而解。因為他有一位好的臣子魏忠賢。魏忠賢特別喜歡朱由校做木工活，並非看中他的作品，而是朱由校一旦沉迷木工，就會忘記自己的本職工作，這時魏忠賢趁機帶著有關國家大事的各種奏章前來請求批覆。

自明太祖朱元璋開國以來，就立下了一個規矩，所有奏章都要皇帝親自過目，以免大臣們暗中做手腳。可是他怎麼也不會想到，兩百多年後自己的江山會由一位基本文盲的後代繼承。朱由校不大識字，從內心深處就不喜歡看奏章，不願意看大臣們那些咬文嚼字的之乎者也。一次，他親自批覆奏章，有位大臣為了表功，說軍隊「追奔逐北」，十分辛苦地平息了叛亂。當時朱由校讓太監為自己唸奏章，可巧這位太監肚子裡也沒有多少墨水，將「追奔逐北」念成「逐奔追比」，解釋時把「逐奔」說成是「追趕逃走」，把「追比」說成是「追求贓物」。朱由校聽了大發雷霆，那位大臣不但未得到獎賞，反而受到「貶俸」的處罰。

這樣的事情多了，朱由校就不願意繼續丟臉了。現在魏忠賢獨攬朝綱，再也不用自己當著文武大臣的面「閱讀」奏章，豈不美哉？魏忠賢的想法更上一層樓，他知道朱由校酷愛木工，而且工作時不願被人打攪，更不願閱讀什麼奏章，因此每每這時，都會畢恭畢敬地捧著一大摞奏章上前，誠懇地請求朱由校批閱。朱由校埋頭工作，正投入時，哪有心思理會他，丟下一句：「我知道了，你按照制度去辦理就可以了。」

魏忠賢以此法屢屢得逞，從無失誤，因此殺害東林黨人領袖楊漣、左光斗後，朱由校竟然過了好幾天都不知道。可憐的文盲皇帝，至死都不知道其中原因，還以為魏忠賢大忠大賢，從來沒有欺瞞過自己，打算為他著書立傳。

就是這樣，朱由校也就是優秀的小朱師傅，在全心為木工事業奮鬥的過程中，漸漸將天子事業引向了另一個極端。為此史書不得不說，他是玩物喪志的代表人物，死後廟號為「熹宗」。然而究其深意，他的弟弟，也是他的接班人崇禎皇帝在看到哥哥留下的一座沉香木雕琢的精美假山時，發出這樣一聲嘆息：「這也不過是精神寄託罷了！」

朱由校當天子時，大明王朝處於風雨飄搖的末日，他一個少年，又能如何挽回殘局？

最終，這個文盲皇帝被葬於德陵，這是明朝營建的最後一座皇陵，因為大明朝十七年後就滅亡了。

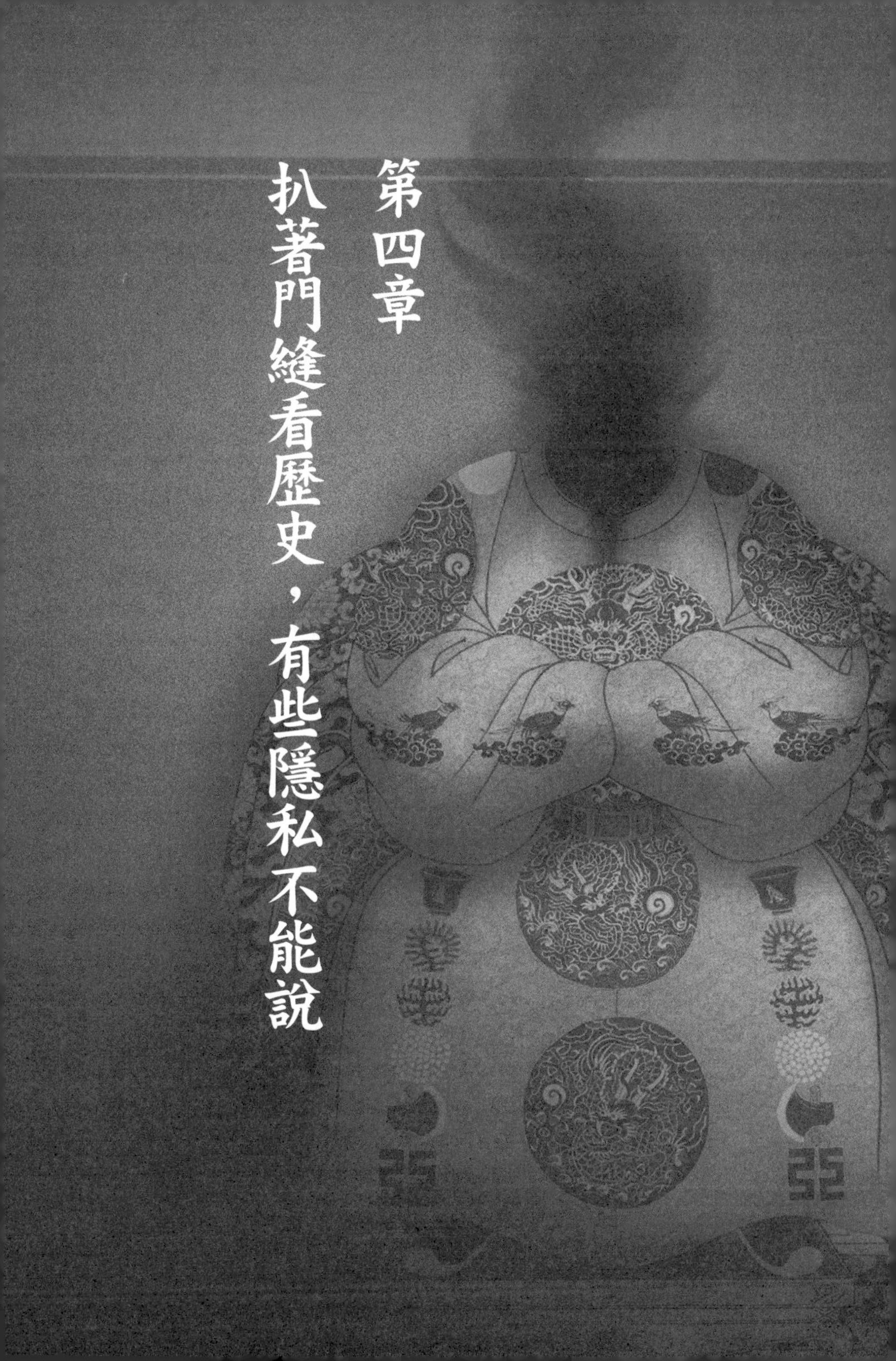

第四章
扒著門縫看歷史，有些隱私不能說

斷背之戀，衛靈公與男寵「分桃」而食

好色之心人皆有之，這句話在中國的歷史中，被數不清的帝王不斷演繹昇華。說來也是，哪個男人不喜歡美麗的容顏和窈窕的身段？可是好色要有本錢，除了強壯的身體之外，還要有財富和地位，不然何以養得起成千上萬的佳麗美人。

可是有些人偏偏不肯承認好色是人的本性，說什麼「不為色乃為後」，與女人歡愛是為了多生孩子。這句話聽起來頗有此地無銀三百兩的味道。於是開誠布公地否定此說法的人出現了，他就是衛國國君靈公大人。

衛靈公大人著實有幸，不僅娶到了當紅美女南子夫人，還與多名美男有了瓜葛，為歷史奉獻出最早的同性戀情故事，創造了「分桃之愛」這一專業術語。

想必同性戀情早已有之，不過，如果沒有韓非子那樣的學問家刻意去挖掘，也就隨之煙消雲散，可惜了一對對至情至性的人兒。衛靈公的戀情被韓非子曝光出來後，幾千年來引得人們議論不休，為這位好色、薄情、昏庸的國君大人增添不少話題和光環。加上孔老夫子的一段妙論，「同車者色也，次車者德也」，更讓這位衛靈公大人在史冊中永放光芒。

這些故事是這樣開始的，衛靈公荒淫奢侈，卻繼承了王位，真是樂得笑開了懷。從此，他的後宮成為色情地帶，開始上演一幕幕性愛醜聞。其中最吸引目光的是他的男寵彌子瑕。彌子瑕美貌如花，嬌豔動人，但頭腦簡單，單純可愛。衛靈公一見傾心，很快與彌子暇如膠似漆，成為不離不棄的好伴侶。

在一個陽光明媚、微風輕拂的大好時節，衛靈公手挽愛侶彌子暇漫步在桃園中。彌子暇一邊與衛靈公軟語呢喃，一邊不忘指指點點，欣賞樹上那些可愛的桃子。忽然間，一個嬌豔欲滴的桃子躍入彌子暇的眼簾，他立刻快步上前，玉手伸展，摘下桃子，並且輕啟櫻唇，咬了一小口，頓時眉開眼笑，朝著衛靈公撒嬌道：「太好吃了，來，你也嚐嚐。」

衛靈公看著情人高興的模樣，也是心花怒放，接過桃子大口吃起來。情侶分享食物，這是最常見的感情表達方式。有我吃的，就不會餓著你，多麼感人的愛情信念。奈何衛靈公身邊有些迂腐不化的臣子，他們視衛靈公為老大，為天子，只可遠觀不可近瞧，這樣的神靈人物，怎可以隨便褻瀆？如今彌子暇竟然以一個咬過的桃子事君，真的氣煞人也！真的丟盡人也！他們氣不過，紛紛彈劾彌子暇的大不敬之罪。

衛靈公品嚐愛侶遞過來的桃子，正心猿意馬之際，猛然聽到這麼一句彈劾，覺得十分好笑，隨口答道：「彌子暇不肯獨自享受美味，這是愛我的表現，有什麼過錯？」

愛一個人是沒錯的，兩千多年前衛靈公大人就為我們上了這麼一課，是不是讓今天叫嚷著愛呀、情呀的年輕人自嘆不如？「分桃」之說也就正大光明地登上同性戀寶典語錄，成為同性戀代名詞。

衛靈公大人與彌子暇沉浸愛河，難以自拔。一天，彌子暇正與靈公相擁而臥，睡得香甜，有位宮人悄悄走過來喊醒他，告訴他家中來信，母親病危了。彌子暇如今正在走紅，這種時刻的人最愛面子，他也想討個孝子的名聲，因此急忙起身回家。

可是看一眼身邊的情人，彌子暇有些不忍，愛意正濃時，離開一分一秒也是不忍的。他為了不讓靈公傷心難過，就偷偷地溜出宮去，駕著靈公的馬車趕回家去。那時候馬車是最先進的交通工具，國君自然配備最好的車輛。彌子暇此舉用意有三：一可以在母親臨死前趕回去；二可以彰顯國君的恩德；三可以盡快趕回來與情人相聚。

彌子暇本意純潔，有人卻偏往壞處想，上奏靈公：「大王，私自駕乘您的馬車，那可是大罪，是要砍腿砍腳的。」

衛靈公大人當然不聽壞人擺布，當即訓斥他們：「彌子暇仁孝之舉，冒著砍斷腿腳的危險看望母親，這樣的事蹟你們不知道表揚也就罷了，還來誣告他，真是薄情寡義！」

衛靈公斥責大臣們薄情，從內心深處認為自己有情有義，卻不料與彌子暇相處久了，也變成薄情郎。起因是不知為何兩人鬧了點小矛盾，彌子暇被趕出宮去了。衛靈公很擔心，害怕彌子暇一去不返。然而那些一直看不慣彌子暇的大臣見機生事，來了個落井下石，對衛靈公說：「大王不要擔心，您看見那些搖尾乞食的狗了嗎？主人生氣打牠們，牠們會跑走。可是過不了幾天，牠們又會夾著尾巴回來的。」

彌子暇何其不幸，果如大臣們預料，幾天後就回來了。他哪裡想到，從此以後在衛靈公心中，他真正成了一隻乞食狗，而不是往昔那位風光無限好的愛侶。

禍不單行，我們說過衛靈公是荒淫好色的主，這樣的人絕不會只將感情投入到一個人身上。實際情況是，衛靈公後宮以南子夫人為首的佳麗無數，而且這位南子夫人追隨丈夫，也是個淫亂的人，將自己閨中愛郎引進衛國後宮。這位愛郎是宋國公子，名叫朝，風流倜儻，格調與彌子暇又有不同。衛靈公見到美男子朝，立即也被吸引，與夫人南子同時寵幸他，在後宮上演三角雙性戀愛。

在國君和夫人寵幸下，朝的地位舉足輕重，炙手可熱。可憐那位彌子暇，媚術突然間沒了作用，還被衛靈公判處刑罰：「想當初你用咬過的桃子事君，還偷偷駕乘我的馬車，這樣欺君罔上，大不敬的行為，該得到應有懲罰。」

砍了彌子暇的雙腳，衛靈公意欲討好南子和朝，沒想到兩人恩將仇報，發動政變把衛靈公趕出國去。失去家國，滋味如何？可能那時的人們還沒有這麼強烈的愛國觀念，反正衛靈公沒當回事，而且不久又被國人請了回去。衛國人可謂忠孝情義，全然不念衛靈公舊惡。不過話說回來，也可能是南子和朝兩人治國，還不如衛靈公。說到底都是被壓迫被統治，找一個差勁的人當主子，也不能找兩個最差勁的人，所以趕走南子和朝。

衛國人抱著這樣的信念請回衛靈公，萬萬沒有想到，他們敬愛的衛靈公再次讓他們跌破眼鏡：沒過幾天他派人請回南子和朝，繼續著三人遊戲。

齊襄公兄妹亂倫，妹夫國君死門外

如果有誰以情愛故事榮登《詩經》，肯定會大大高興一回，這可是中國人最經典的傳世名作，幾千年來暢銷不衰，影響力巨大。齊襄公兄妹就得到這一殊榮，以《詩經．齊風．敝笱》向世人展示了他們的絕世之愛。

齊襄公那時還是位風華正茂的少年，名叫諸兒，上有老爹齊僖公當家，他做為世子，在齊國後宮內周旋於眾多姐妹、侍女之間，自然免不了發生許多風流韻事。

一次，齊國與少數民族發生了戰爭，鄭國公子忽帶兵助陣，幫助齊國獲勝。公子忽一表人才，文武兼備，很快成為齊國美眉們的追捧對象，許多美女產生非君不嫁的夢想。這些美女中最大牌的當屬齊僖公的愛女文姜，此女子美貌聰明，自視甚高，沒想到一下子跌進公子忽的愛情深淵，當即向父親提出要嫁給他。

公子忽帶兵作戰，沒想到被文姜相中，忽最終以不敢高攀為由，回絕文姜好意，帶著軍隊怎麼來的怎麼回去了。

美女遭到拒絕，會產生什麼後果呢？文姜為我們做出詳盡解析，她抱頭痛哭，不吃不喝，尋死覓活，任憑誰都勸解不了。齊僖公著急，諸兒也著急，慌忙跑進妹妹屋中，好言相勸。

不知諸兒用了什麼勸解的語詞，勸來勸去，兩人竟然產生不倫戀情，由兄妹關係直線上升為情人關係。情竇初開的少男少女，那時又沒有孔夫子的禮教倫常，一旦嚐到魚水之歡的樂趣，也就一發而不可收拾了。

儘管那時民風比較開放，這件事情還是被大肆宣揚，齊僖公聽說後十分震怒，決定採取措施阻止他們。事有湊巧，一位識趣的女婿送上門。這位女婿是鄰邦魯國的國君魯桓公，剛剛登基不久，便派人帶著聘禮千里迢迢地來到齊國都城臨淄，打算迎娶齊女做太太。

國君娶妻也是要下聘禮的，而且禮數必須周全，才會讓岳父滿意。聘禮既有錢財，也包括紅、黑兩種顏色的布匹，還有絲帛等物，另外必須有成對的鹿皮，叫儷皮，因此婚禮又被稱為儷皮之禮。聰明的人立刻就會想到夫婦為何又叫伉儷，正是來源於此。

魯國是當時天下禮樂最完備的國家，魯桓公派遣大夫帶著聘禮前往齊國，受到熱烈歡迎。特別是齊僖公，備下酒宴盛情款待，並當即答應婚事。他暗自慶幸：「謝天謝地，趕緊把文姜遠嫁他鄉，省得這對冤孽繼續丟人現眼。」

事情進展十分順利，很快到了文姜遠嫁的日子。那天，齊僖公親自把女兒送出宮門，一直送到兩國交界處。魯桓公聽說後，大受感動，因為當時女子出嫁，女方派人送新娘，通常都由大夫親往，爹親自送女兒到婆家，這是違背禮制的。

讓所有現代人想不到的是，那時結婚現場遠遠沒有今天這麼熱鬧。當新娘子不遠千里來到陌生的國家時，迎接她的是「不樂不賀」。什麼意思？既沒有吹吹打打的音樂伴奏，也沒有多少人出席婚禮前來祝賀。原因很簡單，迎娶女子為迎陰，女子進門後，需要行禮參拜公婆，這才是最主要的儀式。

當然國君娶妻，還是會邀請同姓的王室前來的，他們會送上禮物，比如玉帛、肉、水果等物。

新娘子進門後，最提心吊膽的事，是怕被老公趕回娘家。何也？新娘子沒有跟隨老公到祖廟上去磕頭參拜，還不能算是正式夫妻。這段時間通常為三個月，就是說，老公試用三個月後，如果對老婆滿意，就可名正言順地給她名分。如果不滿意，娘家送親的馬車一直停靠在門外，隨時可以遣送回家。

文姜在這般殘酷的考驗下，一路過關斬將，終於順利地成為魯國國君夫人，而且魯桓公對她百般疼愛，極其關照，兩人生兒育女，轉眼間十八個春秋過去了。

文姜一直沒有回過娘家，這倒不是她不肯回去，而是禮制所限。那時沒有回門一說，女子嫁出去後，通常不允許回娘家探親，這叫做「安夫之家」，意思是在老公家裡安心過日子。

然而文姜很幸福，在遠嫁他鄉的第十八個年頭，她得到老公許可，答應帶她一起回齊國。那位諸兒如今登臨寶座，已是齊國國君，也就是齊襄公大人。齊襄公左擁右抱之際，念念不忘妹妹舊情，於是想起一個歪主意：請妹夫前來參加諸侯高級會晤，特地提醒可以協同夫人前往。

魯桓公接到大舅哥的邀請，當即同意，並與老婆文姜商量：「大舅哥這般盛情，特別提醒可以帶夫人前往，一定是很想念妳。」多好的老公，多體貼人的語言。此時的文姜也許沒有貪念舊情，不過故鄉難捨，思鄉之情還是有的，也就急忙做著回娘家的準備。

就在夫婦兩人為回娘家忙碌時，一個不和諧的聲音出現了，大夫申繻對魯桓公說：「女人有家，男人有國，不要互相干涉，這叫有禮。如果違背禮制，一定會遭殃。」面對這麼句沒來頭的話，魯桓公一笑置之，心想：「我帶老婆回娘家，能遭什麼殃！」說的是，這些年他們夫婦恩愛，難不成這樣的丈夫還要遭到娘家人責難？

魯桓公攜妻帶子，率領隊伍浩浩蕩蕩奔赴齊國，他怎麼也不會想到，自己將要喪身他鄉。

齊襄公傳令以最高禮遇接待妹妹全家。當他看到妹妹從窈窕少女成長為風情萬種的美婦人時，春心更加蕩漾開來，此時此刻，他恨不能立即擁其入懷中，再續舊情。

好不容易等到宴席結束，齊襄公迫不及待地派出自己的美麗宮女去招待妹夫，讓這位來自魯國的國君盡享齊國美色，然後他匆匆忙忙地去見妹妹文姜。文姜舊地重遊，心情異樣激動，看到齊襄公哥哥色瞇瞇的眼神，也是情不自禁靠上前去。

兄妹顛鳳倒鸞，互訴十八年離別深情，自有別樣滋味上心頭。齊襄公再也不肯放棄文姜，日夜與其耳鬢廝磨，情意綿綿。

再說魯桓公，看到老婆娘家人如此禮遇自己，沉浸在溫柔鄉中，也是心情舒暢。可是偏偏有人喜歡散布八卦新聞，不知有意還有無心，就把齊襄公兄妹亂倫之事傳得沸沸揚揚。魯桓公再笨，也感覺到頭頂上的王冠放射出瑩瑩綠光，好生讓他刺眼。一怒之下，他抓住老婆文姜，追問事情真相。

文姜遭到老公質疑，又是害怕又是害羞，只好哭哭啼啼跑到哥哥兼情夫那裡去告狀。

這邊兄妹情人動腦筋想辦法，那邊魯桓公待不下去了，擔心日久生變，便準備回國，就派人向齊襄公辭行。事已至此，齊襄公只好半推半就，答應明天為妹夫送行，實則暗下殺手。

第二天，山上設下宴席，齊襄公親臨現場，為妹妹全家送行。齊襄公做賊心虛，不停給妹夫敬酒，魯桓公心裡窩火，藉酒澆愁，一來一往，喝得酩酊大醉。喝成這樣，走是走不成了，齊襄公派手下大力士彭生護送魯桓公回宮休息，特意叮囑：「路上用點力氣，不要讓魯公摔倒了。」這句話暗含殺意，彭生謹遵命令，路上一用力，把魯桓公活活勒死了。

一個活蹦亂跳的魯桓公就這樣死在齊國，真讓魯國人丟盡顏面，可是也不敢說什麼，畢竟自己國小勢弱。齊襄公不管這一套，除掉情敵，他現在可以獨佔妹妹文姜，好不開心。

然而魯國人還有最後一絲尊嚴需要維護，魯桓公已死，他和文姜的兒子魯莊公繼位。這時，要迎回國母文姜夫人。文姜本以為可與哥哥情人相親相愛，再也不分離，沒想到魯國人這般惡毒，賴著不肯回去。

魯莊公無法，就在齊魯相交的地帶修蓋宮殿，把母親大人安置到那裡。從此，齊襄公閒暇時，常以打獵為名前去幽會；魯莊公，秉承禮制，按時去給母親問安。《詩經》對此事也頗感興趣，於是記錄在案：「敝笱在梁，其魚魴鰥。齊子歸止，其從如雲。敝笱在梁，其魚魴鱮。齊子歸止，其從如雨。敝笱在梁，其魚唯唯。齊子歸止，其從如水。」

讓宮女穿開襠褲，漢靈帝招數奇妙

漢靈帝劉宏再次登上《龍袍怪物》排行榜，為讀者上演了一幕幕後宮淫亂的鬧劇。

漢靈帝老兄十足淫蟲一個，將淫亂二字演繹到極點，配得上「靈」這一謚號。「靈」何意也？「亂而不損」，極度追求淫慾，為國家滅亡打下堅實基礎，完全符合漢靈帝的生平業績。

本來，漢靈帝娶了位正常女子當皇后。無奈此女整天板著臉孔，不夠風情放浪，皇后是後宮之主，有這麼位人物，真讓漢靈帝倒足了胃口。於是藉助宦官父母們的勢力，輕而易舉廢了皇后，殺了她全家。這樣漢靈帝的後宮之中立刻變了樣，在他親自帶領下，荒淫戲碼天天上演，如果你有幸夢遊到此，欣賞不花錢的色情片，會不會大呼過癮？

最吸引目光的是一群群穿開襠褲的美女們。後宮佳人無數，身披綾羅綢緞，佩戴玉環寶釵。可是不經意間，漢靈帝哥哥忽然出現，上前一個擁抱，然後不見寬衣解帶，卻已自顛鳳倒鸞。眼巴巴瞅著此的你肯定會大感好奇，這漢靈帝手段了得，怎麼如此神速進入角色？在常人看來，最起碼彼此之間也有個解釦子、脫褲子的過程吧！人家怎麼、怎麼……

要說你是凡人，怎知道皇家規矩，又怎能猜得到漢靈帝老兄的神奇發明。天子臨幸，都是有禮數約束的，看看漢靈帝時期的大儒鄭玄老先生親自為皇帝製作的「性愛日程表」，你也許會有所發現。鄭老先生不負大儒稱號，深知天子老婆的具體分配情況：一后、三夫人、九嬪妃、二十七世婦、八十一女御，這些具有正式名分的老婆共計一百二十一人，是皇帝大人必須與之性愛的對象。如何臨幸呢？鄭老先生認為，「女御八十一人，當九夕；世婦二十七人，當三夕；九嬪九人，當一夕；三夫人，當一夕；后，當一夕。」「一夕」指一夜，仔細算算可以看出，除了皇后之外，皇帝大人可以與其他老婆們共歡共樂，最多的時候三夜與二十七位世婦共眠，其中滋味妙不可言。我們由此看到了身為皇后的特權之一——獨寢權，享有單獨與皇帝老公睡覺的機會。

皇后固然特權在握，可是我們的皇帝大人可慘了，再算算吧！漢靈帝必須在半個月之內，與一百二十一位老婆做愛，工作量之艱巨，實非常人可以想像。

鄭老先生可能認為天子不是凡人，應該具備金槍不倒的神功，也未可知。不然怎麼會如此殘忍地提出這等主張，害得東漢皇帝一個個早夭，很少有長命的。

漢靈帝年輕氣盛，還沒有想到壽命長短問題，當然十分滿意這份日程表，日復一日地「辛勤工作」。要說年輕人，就是勇於創新，工作一段時間後，逐漸發現很多問題，自己身邊宮女無數，也都是年輕貌美的姑娘，放著不用實在浪費。因此漢靈帝常規工作之餘，不斷加班加點。這一加班加點，問題更多了，每每與她們歡愛，還要解裙子脫褲子，單單這個過程會浪費很多時間。一日，漢靈帝偶有靈感，傳下聖旨：從今以後，所有的宮女都要穿開襠褲，以備天子隨時臨幸。旨令一下，後宮中變得忙碌，宮女們放下其他工作，不亦樂乎地「撕」褲襠。

褲襠既開，臨幸方便多了，這一發明讓漢靈帝高興了很久，也讓東漢後宮的色情戲碼變得更加開放。

然而，開褲襠遊戲怎麼說都是三級片水準，如果你有更大的興致，不妨到漢宮西園中，那簡直是掉進肉色堆裡，隨便一挑都是妙齡裸體美女，這等豔遇該是多麼令人噴血。這裡是漢靈帝親手創建的裸泳館，不要以為跟A片一樣全是赤裸裸的肉體，漢宮畢竟是漢宮，國家級水準的地方，除了這些香豔的美體外，布置陳設也都是有標準、有情趣的。臺階上鋪滿綠色的苔蘚，渠水環繞門外，一群冰肌玉膚、體態婀娜的宮女手執竹篙划船。船至水中央，漢靈帝一聲令下，船隻沉沒水中，赤身裸體的宮女們或者驚呼或者喜悅或者腰肢扭動地落入水裡，其情其景，美哉妙哉。

漢靈帝欣賞著落水美體，不忘讓人演奏樂曲《招商七言》，據說此曲子具有招涼氣，降酷暑的奇效。這是漢宮的暑天娛樂活動，遠遠望去，水中蓮花大如蓋，高丈餘，到了夜晚，月亮掛到天際時，荷葉舒展開來，這就是有名的「望舒荷」。此景色真是美如天堂。

這般美色中，漢靈帝與美女們裸泳完畢，下一項娛樂就是飲酒，一夜復一夜，夜夜不肯歸，直到天亮還不停止。有一次，宦官們為了提醒他，把大蠟燭扔在殿下，才把他驚醒。這次事件給了漢靈帝啟發，他讓侍從們學雞叫，並在裸泳館北邊建立雞鳴堂，養了一大群雞。這群雞何其幸運，成為天子大人的鬧鐘，還可以時時聽聞裸泳館裡美女們的嬌呼嫩喘。

實際上，不僅雞幸運，就連驢子也來了個命運大翻身，得寵一時。原來漢靈帝覺得馬車太笨重了，不方便駕馭，親自發明驢車。不管是誰，只要創造發明都會帶來樂趣，儘管人們瞧不起驢子，崇尚白馬，然而天子宣導於上，跟風者立即趨之若鶩，都以擁有一輛驢車為榮。結果驢價飛漲，比馬匹還要貴，你說這種莫測的市場行情變化，會不會氣瘋部分商人？

商人生氣，那是小事，更讓某些人受不了的是，漢靈帝越發迷戀起寵物來，這回輪到狗得寵了。他喜歡養狗，將狗喚作「愛卿」，還給愛狗們準備帽子、衣裳，你猜牠們穿戴的都是什麼樣式的品牌服裝？說出來讓你目瞪口呆，狗狗們穿戴的乃是文官的進賢冠和綬帶，是文官們象徵性穿著打扮。看著打扮好的狗狗，漢靈帝親自教導牠們直立後腿，搖搖擺擺地走上幾步，高興得拍手叫好：「好一個狗官！」「狗官」一詞從此風行天下，成為中國象徵性官場用語之一。

宮廷之內，淫靡的事情永遠超乎常人想像。西域進貢茵犀香，是一種超高級香料，極其珍貴。漢靈帝惜香憐玉，當即命人熬煮成湯，讓宮女們沐浴香體。何謂香體？漢靈帝喜歡香豔女子，每每讓她們濃妝豔抹，在身上和臉上塗抹多種化妝品，也就成了香氣四溢的身體。沐浴完畢後，漢靈帝就讓人將漂著脂粉的洗澡水倒進西園的水渠裡，結果渠水四處流動，將漢宮之香帶出宮去，人稱「流香渠」。只聽說過富得流油，今日倒見識了什麼是「流香」。無怪靈帝也對這番美景讚嘆不已，說出這樣的話來：「如果這樣的日子可以過上一萬年，真是比神仙還要快樂。」

流香生活，不過淫樂的一種形式。淫樂淫樂，有淫也要有樂，此樂就是音樂，宮廷生活怎能離得了音樂。別以為漢靈帝的性愛發明創造比較粗俗，就認為他格調不高。實則在宮廷生活久了，再俗氣的人也會沾染點優雅氣質。漢靈帝就是這樣，他從《招商七曲》中品味到音樂的妙處，就開設了「鴻都門學」的新學堂，專與培養修身治國人才的「太學」作對，除了四書五經外，什麼辭賦書畫、妙曲新歌，這些不登當時大雅之堂的東西，新學堂全部免費傳授培訓。就這樣，中國歷史上第一所國家級文藝學院誕生了，為漢靈帝提供淫樂之外，意外地推動了文學的發展。

四萬美女娶進宮，聲色場上的餓狼後趙武帝

翻翻歷史資料，往往會得到這樣的結論：晉武帝司馬炎為自己培植了最龐大的後宮隊伍，證據有二：一是這位皇帝毫不客氣、毫不遮掩、毫無人性地下詔讓全國女子做好準備，隨時待命進宮，給皇帝提供性服務。在他眼裡，整個國家是個大妓院，所有女人都是服務小姐，而他則是出入其間的唯一嫖客。二是這位皇帝嫖客愛好發明創造，在後宮「妓院」裡選擇性對象時，美女太多，以致於不知道做出何種選擇，於是以羊車代步，每日駕著羊車在宮裡轉悠，羊停在哪位嬪妃宮女的門前，今晚就在那位床上度春宵。

這兩項舉措讓司馬炎皇帝高居荒淫排行榜，歷久不衰。實際上，如果以這兩件事為證據，來說明司馬皇帝的後宮隊伍最龐大，司馬皇帝最荒淫，是對不起另外一位高人的。這位高人也是《龍袍怪物》中的主角之一，創造過無數殘暴故事的石虎是也。

石虎殘暴有餘，荒淫更甚，讓司馬炎自愧不如。不信你可以算算，司馬皇帝的後宮隊伍，充其量不過一個娘子師，相較之下，石皇帝的後宮隊伍完全可以組成整編軍的規模。你不要以為作者在胡說，石皇帝的後宮人數實在太多了，他的都城鄴城都安置不下了，不得不分營駐紮，長安、洛陽等當時大城市中，都有他的後宮隊伍。

為了組建後宮隊伍，石皇帝下詔全國：年滿十三歲以上、二十歲以下女子，不論婚嫁與否，

從即刻起，做好準備，隨時進宮待命。相較司馬炎，這條聖旨沒什麼新意。

聖旨是沒什麼新意，皇帝可是個新皇帝，需要的年輕女子們自然也是新的。這下子好了，全國上下齊動員，不亦樂乎搞選美，舉凡有點姿色的女子，都被地方上的官員們強搶豪奪，裝上趕往京城的馬車，一批批運往石皇帝的後宮。這般火爆行動中，最倒楣的是那些年齡符合石皇帝需求，卻又嫁人的女子，何也？這邊老公、孩子圍膝前，那邊催促上路的官吏不住地威逼利誘，真要了儂家的命。

到底是女人心，軟得很，經不起左右為難，尋死者不計其數。儘管那麼多女人自殺身亡，不肯去皇宮中「享福」，還是有四萬多女同胞，被運到石皇帝的後宮中，真不知他是如何應付這麼宏大場面的。

石皇帝不擔心這一點，他久經沙場，也久經色場，色膽可以包天，難道還包不住四萬女人？果然，石皇帝推出強而有力的管理措施，來管理這支整編軍，增設二十四級女官，僅僅東宮就有十二等級，這樣編排下去，美女們級別分明，身分高低一目了然，十分便於管理。看來石皇帝管理有術，不像是一千多年後的洪秀全，弄了千百女人在後宮，老頭子怕搞糊塗了，只會給她們編號，想想幼稚得很。

石皇帝一點都不幼稚，而且還想方設法供養自己的四萬女人，害怕她們跟著自己受苦，害怕自己落個養不起女人的罵名，於是在最繁華的大都市長安、洛陽、鄴城等地大張旗鼓地修建華麗的宮殿樓閣。僅僅首都鄴城就修建了四十多個觀臺，四周圍著長長的園林，取名華林園。想必石皇帝是想讓眾多美女們站在觀臺上，自己可以從中挑選，也或者有其他用途。反正修建這些園林樓臺動用了四十萬人力。算下來，平均十個男人為一個女人修房子，這個比例倒也有趣。

十個男人為一個女人修房子，任務還是挺艱巨的，他們日夜辛勞，加班加點，首先完成了最大的建築太武殿。此建築高大雄偉，以金銀玉石裝修，其中陳設珠寶翡翠，耀人眼目，猶如天宮般輝煌。

石皇帝穩居太武殿，不分日夜地從四萬女子中選拔優秀者寵幸。於是乎，石皇帝不管當著誰的面，都是臨幸不停。他的第一任太子石邃那時與老爹關係還不錯，時不時地前去請安。結果惹麻煩了，石皇帝做得正起勁，被兒子以國事打擾，好不掃興，扔過去一句：「這樣的小事，自己不會看著處理嗎？真是無用！」

儘管石皇帝這麼說了，但石邃只是太子，行事還是很小心，遇到事情又去請示，結果同樣的事情發生了。久而久之，同樣的事情頻發下，石邃這個太子不好當了，他害怕老爹厭惡自己，廢了自己的太子地位，因此鋌而走險準備弒父奪位。最後他的計畫失敗，還被老爹殺了。

我們看到石皇帝如同餓狼，在女人堆裡摸爬滾打。然而這還不能盡情展現石皇帝淫樂生活的全面，這位石皇帝除了女色，還兼顧男色，是位雙性戀者。著名的鄭櫻桃是他的「分桃」之愛，此人美豔動天下，以致於唐朝詩人把他當作女子，寫詩評論。說他：「櫻桃美顏香且澤，娥娥侍寢專宮掖。後庭捲衣三萬人，翠眉清鏡不得親……」嗚呼，鄭櫻桃比楊貴妃還厲害，後者讓「三千粉黛無顏色」，他卻做到了讓「三萬翠眉不得親」。

石皇帝寵愛櫻桃美男，到了什麼程度呢？先後害死了石皇帝的兩位皇后。第一位皇后郭氏，名門之後，與石皇帝結髮之情，無奈櫻桃不停地吹枕邊風，百般詆毀郭氏，而且膽大妄為，以男妾身分當面嘲諷郭皇后。郭皇后心裡窩火，實在忍不住頂撞他幾句。可不得了，石皇帝老羞成怒，當面袒護櫻桃，郭皇后心想：「你娶多少女人，我都可以不管，如今弄個不男不女的人，也來與我爭風吃醋，這日子過的也太窩囊了！」她無法忍受，將心裡話一股腦兒說出來。可想而知，這是她留在世上最後幾句話，石皇帝暴跳如雷，拳打腳踢，將結髮妻子當場打死。

郭氏死了，櫻桃再受寵，也不可能以男身位列皇后之位。真是替他著急，如果生活在今天，做個變性手術，一切問題不都解決了？櫻桃沒有這個福分，只好眼睜睜看著石皇帝迎娶繼室崔氏。不過他心裡有數，這個皇后也逃不過自己的手掌心。果然一年之後的某天，石皇帝怒氣沖沖喚來崔氏問話。崔氏知道櫻桃害自己，驚恐地哭著乞求石皇帝給她申訴的機會。石皇帝獰笑著：「妳要是沒有歹心，何必嚇成這樣。妳先坐下，我給妳時間。」崔氏聽話落座，只聽身後弓弦聲響，來不及轉身，箭已經穿透前胸，當即斃命。

禽獸不如，南朝宋孝武帝與生母通姦

劉駿以二十四歲的風華年紀，殺了哥哥奪取皇位，成為南宋王朝的新皇帝。一人得道，這位皇帝忽然間坐擁無數後宮佳麗，逼迫他本性暴露，成為「採花高手」。

劉駿「採花」之所以流傳千古，榮登《龍袍怪物》排行榜，自有他的獨特之處。我們說了，男人好色是人之常情，不信隨便把哪位二十四歲的男性青年放到後宮，告訴他可以任意與每位宮娥嬪妃交歡，估計結果都差不多。這句話的另外一層含意是：要是他缺乏新意的話，性愛故事不值得擺出來一讀。

這裡有人好奇了，劉駿有什麼創新發明，會讓這麼多人津津樂道？

答案並非一句話可以說完。讓我們走進劉宋後宮，伴隨著劉駿大大地開放一把，體會一下其中的無窮韻味。

劉駿是個很正常的男人，喜歡漂亮的女人，因此做了皇帝後，與後宮佳麗玩膩了，開始下詔從民間徵集美女。這個做法不為過，他怎麼樣也無法超越石虎天子，沒有採集到四萬美女。所以說，這件事情無法讓他名傳史冊。

劉駿又很不正常，不管什麼身分、地位的女人都喜歡。有人說了，人家是皇帝，當然可以喜歡所有女人。這句話是大大錯誤的，你想想，天下女人再多，有些也是碰不得的，比如說親娘、姐妹，與她們發生關係，會被扣上「亂倫」的大帽子，歷來為人不齒。另外還有句不成文的俗語：「朋友妻不可欺。」因此算來算去，男人可以碰的女人再多，也是有限定的。

然而劉駿年輕好勝，決心打破這些祖傳的規定，他想好了，自己要做一回真龍天子，在色情歷史上留下點美名。那麼劉駿從哪開始呢？

劉駿的母親大人挺身而出，成為他色情史上揮之不去的身影。這位生下皇帝兒子的母親名叫路慧男，不僅為兒子搞女人大開綠燈，還親力親為，成為民間演繹的「蒸母」故事的模範人物。

路慧男是有名的江南美女，被劉駿的父親徵入後宮，得寵一時，生下龍子。奈何老皇帝太絕情，沒有多少時日厭倦美女，另尋新歡，就連兒子也不待見。這對母子身處險境重重的後宮，只好走為上計，到劉駿的封地過日子。也不知道那些無情歲月是如何度過的，反正等到他們重返都城建康時，已經貴為皇帝和太后了。

此一時彼一時，昔日不被人看好的母子登臨大寶，可謂否極泰來，朝廷裡那些貴婦、名媛見風轉舵，馬上笑意盈盈地走進後宮，拜見尊貴的太后路慧男。

劉駿與母親相依為命慣了，即便身為天子，也從不遵守禮制，不會蹲在自己的辦公室辦公，或者自己的臥室中與嬪妃調情，而是動不動就跑到母親宮中，從白天到夜晚都不肯離去。

在母親宮中，劉駿眼界大開，看到了當時京城中各色名媛佳麗，這些人或者出身名門，或者是高官大臣的妻妾，總之，她們身後都有著響噹噹的男人，這些男人是劉駿的兄弟、宗親、臣下，再說白一點，是與劉駿共同支撐劉宋王朝的人。可是劉駿想不到那些威風八面的男人，他眼裡只有婀娜多姿、風情萬種的女人，他怎麼捨得讓這些女人輕輕地揮揮衣袖，不帶走一片雲彩？不行，要讓她們帶走點什麼。劉駿身體力行，決心讓她們帶走自己的一部分。可見皇恩浩蕩，普灑雨露，惠及臣民。

此時路太后表現出一般母親無法做到的寬宏大量，善解人意。她明白兒子的心意後，在自己宮中開闢出一塊專屬地帶，以滿足兒子的禽獸之慾，讓那些進宮的名媛無一個全身而退，都帶走天子的部分東西。當然，路太后不會僅僅做一個窺視者，兒子與女人們熱火朝天的場面，聲色俱全的現場直播，也撩動著這位半老徐娘的春心。於是乎，劉宋京城的老百姓們毫不客氣地將這對苦盡甘來的母子綁在一起，活色生香地傳說著他們的動人故事。

路太后被年輕英俊的兒子皇帝臨幸，醜聞在外，輿論喧嘩，不要以為這是好事者杜撰的新聞，《宋書．後妃列傳》中明確記著這麼幾句話：「上於閨房之內，禮敬甚寡，有所御幸，或留止太后房內。故民間喧然，咸有醜聲。宮掖事秘，莫能辨也。」翻譯成白話就是，皇帝大人選擇女人時，從不遵從禮制，常常在太后房中留宿，至於母子二人有無苟且之事，還不敢妄下斷言。史官們說得比較含糊，卻更讓人浮想聯翩。

也許這是宋人為自己遮醜的舉動，畢竟皇帝蒸母，太難於啟齒。可是與南宋並立的魏國就不用客氣了，其史書中赫然記載這樣的事蹟：「駿淫亂無度，蒸其母路氏，穢污之聲，布於歐越。」還有「四年，獵於烏江之傍口，又遊湖縣之滿山，並與母同行，宣淫肆意。」這幾句話非常明白好懂，說的是劉駿與母親偷情的事，傳遍全國上下，而且他外出打獵時，不忘帶著母親大人，兩人遊山玩水，一路上肆意淫樂，毫不避諱。看來離開宮闈，他們的戀情馬上升級，多麼開放而盡興的快樂旅行。

證言鑿鑿，劉駿烝母之事，再也無法洗刷清白。實際上，劉駿本人從沒有為這事爭辯過，他忙著完成自己的淫樂人生，聞到女人味骨頭都酥了，怎麼有時間顧忌此事。

但是，我們不要以為劉駿女人無數，連母親大人都收入囊中，就是位徹頭徹尾的禽獸，沒有一點感情留下來。這位皇帝大人還為人們演繹一段別樣愛情，與堂妹生下愛子。

這段孽情都是劉義宣惹的禍。為何這麼說？劉義宣是劉駿的親叔叔，偏偏生下四位貌若天仙的女兒，這四位女兒又從小養在皇宮裡。劉駿將四位姐妹召上龍塌，一起睡了。至此，劉駿兄弟不顧人倫骨肉、亂倫淫樂的偉大創舉徹底實現。

你想想，劉義宣聽聞此事，會不會勃然大怒？會的，此時不僅他發怒，那些被劉駿臨幸過的名媛貴婦身後的男人們也跟著起鬨。以前他們敢怒不敢言，如今皇帝的叔叔帶頭鬧事，他們不肯做縮頭烏龜，準備站出來為自己的女人撐撐腰。可惜，這次因女人而發生的抗爭，還是以劉駿勝利告終。劉駿十分震怒，不明白這些男人搞什麼，堂堂天子臨幸你們的女人、女兒，不知道感謝也就罷了，還來發難。哼哼，好吧，一併砍頭拉倒。於是劉義宣沒有保護好女兒，卻把兒子們的命都賠上了。

沒有了那些無聊的男人們，劉駿立即將四位姐妹拉到人前，趾高氣揚地封為嬪妃，加入他的正式老婆行列。四姐妹中又以老二最美，據說到了懾人魂魄的地步，因此她以嬪妃之位獲取專房之寵，可以單獨陪皇帝睡覺。這位二姑娘也很不一般，竟然與堂兄皇帝生下兒子，還差點被封為太子。

眼看著二姑娘步步高升，前途無量，無奈紅顏薄命，沒過幾天好日子，一命嗚呼香消玉殞。這時劉駿為人們表演了他的情深意長，除了痛心裂肺地號啕大哭之外，還寫了篇優美的祭文，痛悼美人早逝。據說，這祭文才情並茂，充分展現劉駿的才學特長。

儘管如此，劉駿在性愛方面的齷齪勾當，依然為天下人瞧不起，結果他的兒子，也就是那位大名鼎鼎、以荒淫玩樂著稱的前廢帝劉子業繼位時，也指著老爹的畫像說：「老東西太好色，不分親疏貴賤都臨幸！」為了表達不滿，好玩的他特意讓人為老爹畫上一個大酒糟鼻子。

父兒不分，後梁太祖翁媳同睡

說起朱溫，此人也曾稱帝，史稱後梁太祖，他在歷史上留下的痕跡，除了殘暴好殺、奸詐無情外，荒淫無恥的事蹟也是怵目驚心，在中國幾百位皇帝中，可以名列前茅。

如此不俗的成績與朱溫皇帝的兒媳婦們大有淵源。

不知道為什麼，朱溫歷經千辛萬苦，殺人無數，最終登上皇位時，老天很殘忍地奪走他愛妻張惠的性命。對於張惠，朱溫還是十二分敬重的，當年野外巧遇，激起他無限愛慕之心，發誓成就宏偉事業，以迎娶這位心目中的理想情人。在當時人看來，朱溫的夢想就是一個大笑話。因為張惠出身高貴，是位不折不扣的大小姐，而此時的朱溫，基本處於失業狀態，父親早亡，母親無奈之下帶著他給人家做幫傭。朱溫是奴僕的後代，自己也做著奴僕的工作，而且還朝不保夕。

然而，朱溫生逢其時，趕上唐朝末年農民大起義，身無牽掛、正值青春年華的他回應歷史潮流，加入革命隊伍中，憑藉著不怕死的勇敢精神，很快脫穎而出，成為響噹噹的大將軍。當他帶領隊伍殺奔張惠家中時，很幸運，張惠是個識貨的人，幾年來儘管媒婆不斷遊說，父母不停逼婚，但她一片癡心，苦苦等待朱郎不改。還真讓她等著，朱溫以將軍的身分迎娶張惠，張家人答應也得答應，不答應就得喪命，就這樣，一段堪稱絕配的婚姻誕生了。

張惠確實有些本事，嫁給朱溫後，將他服侍得服服貼貼，還參與軍國大事討論決斷。當時很有名的一個片段是：朱溫帶兵踏上殺敵征程了，忽然張惠派出的使者趕到，就一句話：「夫人說了，此時不宜出征，請將軍大人回營。」威武不可一世的朱溫二話不說，馬上撥轉馬頭帶領隊伍回去。

這樣的奇女子伴隨身邊，想必給朱溫帶來無窮力量，是他稱帝路上的永遠動力。所以說，張惠忽然離世，讓朱溫沒有了動力支撐，寂寞感無限膨脹，進而變得疲憊不堪。事實正是如此，自從當了皇帝，朱溫的身體一日不如一日，長期處於疾病狀態。而當時天下紛亂不斷，諸侯割據，這位後梁天子地盤有限，還不斷受到強敵攻擊。就是說，雖然當了皇帝，戰爭依然如故，很多人對他不服氣。

當然，朱溫很清楚眼前形勢，他依靠起義發跡，又透過叛變投靠唐王朝，然後挾天子以令諸侯，最終耐不住寂寞，上演弒君篡位的經典戲碼。這反覆無常、奸詐無情的罪名早已坐實，要想獲得天下人認可，確實很難。既然如此，在他看來唯一的辦法就是「殺」，殺掉反對者，不就只剩下贊同者了？

如何殺敵呢？朱溫身經百戰，有的是高招妙棋，問題是現在自己當了皇帝，而且年齡已老，必須培養後人，後繼有人，才是真正的勝利。他時時不忘被勁敵李克用打敗的那場戰事，實際上那場戰事是李克用的兒子指揮的，因此讓他更加感慨：「我經營天下三十多年，沒想到李克用的兒子比他父親還厲害。這小子志向不小，比起我那幫兒子強多了。啊！老天不讓我長壽，看來我死後，大梁必滅，到那時我死無葬身之地！」想來朱溫的意思是，長江後浪推前浪，一代更比一代強。無奈這位皇帝大人自幼貧寒，沒有讀幾本書，也就說不出這樣文縐縐的話來，不過幾句大白話更讓人感到心寒。

這件事給了朱溫強烈震撼，也讓他開始頻繁考慮後繼人選，為了鍛鍊兒子們，唯一的辦法就是讓他們上陣殺敵。這些年來，朱溫雖有張惠幫扶，當然也不斷納妾養女，因此兒子的數量比較客觀。

老婆大人仙逝，兒子們紛紛奔赴戰場，拋下年近六旬的朱溫皇帝，怎麼看怎麼覺得孤獨而淒涼。然而，我們太小看朱溫皇帝，他可不是讓人可憐的人，永遠都不是，他不能讓歲月如此度過，他想到了好主意：讓兒媳婦們前來侍病。

兒媳婦照顧生病的公公，是人之大孝，是可以值得表揚的光榮事蹟，而且第一位奮勇獻身的是朱溫養子的媳婦王氏。王氏侍奉公公，勤勉可嘉，一絲不苟，而且姿色出眾，美豔天下，朱溫早就為她的美貌垂涎，看著她病就好了大半，更不用說如此近距離接觸了。

後宮無主，朱溫和兒媳婦王氏親密接觸，無人盯防，很快地轉為床榻之情。朱溫本以為兒媳婦會有所推托，沒想到王氏女子極力逢迎，巴不得掏出心肝交給公公，更何況這點魚水之歡，當然是幾盡媚術。

與王氏偷歡，給了朱溫極大精神力量，讓這位老皇帝體會到別樣風情，於是侍病的詔書很快出現在其他兒媳婦面前。瞧瞧，王氏都能如此照顧公公，妳們也不能閒著，以免顯得老皇帝厚此薄彼。

其他兒媳婦見詔，趕緊地收拾裝束，排著隊來到公公面前，讓他逐個選擇侍奉的人選。朱溫看著如花似玉的兒媳婦們，想想那些在前線作戰的窩囊兒子，乾脆心一橫，逐個替他們臨幸這些女子。

皇帝家的事就是這麼煩人，一丁點事也被擴大。這不，朱溫老皇帝淫樂兒媳婦的事，馬上被人風傳開去，成為頭號新聞。公公與兒媳婦亂倫，這叫「扒灰」。出處有二，第一個說法是，過去廟裡香火鼎盛，由於香紙都是錫箔紙做的，燃燒後會沉積下很多錫。於是寺廟附近的住戶常常到廟裡扒香灰，為的是從中淘出錫賣錢。「扒灰」為的是「偷錫」，「錫」、「媳」同音，因此扒灰成為與兒媳婦亂倫的專用詞。還有個說法與王安石有關，據說他兒子去世得早，因此他常常去看望兒媳婦。兒媳婦誤會公公，在牆上留下「風流不落別人家」那句詩詞。王安石大驚，著急地用手指扒去牆灰，試圖弄掉字跡，為此有了「扒灰」一說。

不管扒灰一詞由來如何，但看我們新聞事件的主角，朱溫和兒媳婦們對於輿論置之不理，照常宣淫不止。更為世人無法理解的是，新聞背後的第三者——朱溫的兒子們表現得相當踴躍，他們不但不去制止父親和媳婦的亂倫之舉，相反，每次出征前，前去拜辭皇帝老爹時，都要帶著自己的媳婦同往，而且還情深意長地說：「兒子去打仗了，不能照顧父皇，就讓媳婦代勞。」他們爭著搶奪父親手裡的綠帽子。

難道朱溫的兒子們如此糊塗，還不知道其中漏洞。非也。兒子們心知肚明，而且還和媳婦們暗中有約，讓她們發揮床底之功，幫助自己實現太子之夢。事情是這樣的，王氏照顧公公有功，枕邊歡愉之際，朱老皇帝竟然一口答應，封她的丈夫朱友文做太子。

可是，枕邊人不只王氏，還有李氏、張氏，也都是兒子們的媳婦，間接地聽說這等消息，可急壞了，頻頻施展媚術，以觀測老皇帝一舉一動。然而，老皇帝病危前讓王氏通知朱友文見駕，就被朱友圭的媳婦知道了，她馬上告訴丈夫：「快快行動。」朱友圭在媳婦幫助下，帶著軍隊殺入宮廷，一刀刺死朱溫，用一塊破毯子包裹，就近埋在寢宮地下。朱溫曾擔心死無葬身之地，沒想到兒子能幹，還是為他找了塊埋身之地。

一代梟雄的荒淫敗行就此結束。

姦屍表深情，後燕代宗的駭世之舉

慕容家族曾經在中國歷史上幾次稱帝，幾次覆滅，建立的國土領地不大，卻都冠之以「燕國」。此燕國非戰國時期的燕國，生逢亂世，有幸誕生了好幾位荒唐天子，為這個國家和家族增添了不少豔麗色彩。尤其是後燕最後一位天子慕容熙，以「姦屍案」榮登《龍袍怪物》排行榜。

慕容熙青春少年時，天王哥哥去世，拋下孤兒寡母。對這個偏居一隅的小朝廷來說，幼主當政，無異於自取滅亡，幸虧太后丁氏深謀遠慮，打算廢除太子，改立年長的人選接班。這讓大臣官僚們很感動，因此提議紛紛，無不建議先王的弟弟慕容元接班。然而丁太后既然有廢除太子之心，就自有理想人選。果然，她力捧先王的另外一位弟弟「河間王」慕容熙。

年方十七歲的慕容熙，以何種才能打動寡嫂，成為她的理想人選？如果有人消息靈通，必定探知丁太后的內心秘密：雖然貴為太后，不過二十多歲的青春年齡，天王老公在世時，儘管對她百般疼愛，無奈身為天王，免不了三宮六院七十二嬪妃，丁太后寂寞的時間，比起受寵的時間依然多出好多倍。在這些寂寞的日子裡，一表人才的小叔慕容熙出現了，他見縫插針，查缺補漏，成為丁太后懷中密友，兩人關係火速升溫。以少小年齡融化國母之心，慕容熙的魅力可見一斑。丁太后非常滿意這位小叔，便以自己特殊的身分保舉慕容熙接任天王之位。

慕容熙當了天王後，與寡嫂之間的關係公開化。至此，那些不明真相的人才恍然大悟，知道自己的國君是憑藉什麼才能登臨大寶的。

慕容熙絕不浪費自己的才能，既然可以搞定寡嫂，當然還可以搞定天下其他美女。當了天王後，這位風流成性的少年郎專心致志地研究這方面學問，很快將後宮豐裕起來，可謂佳麗遍地，美人無數。慕容熙遊戲美人間，日日心曠神怡，特別是一對姐妹花苻娀娥、苻訓英。這對姐妹花以美豔動天下之姿，惹得少年天王欲罷不能、骨酥肉麻。為了表達愛意，慕容熙先後封她們為昭儀、貴妃，日夜寵幸，不離左右。

人就是這樣，看不得他人比自己過得好。慕容熙的寡嫂丁太后生氣了。她眼看著小叔左擁右抱，全然不把自己這位舊情人兼恩人放在眼裡，真是怒從心邊起，惡向膽邊生，在屢屢勸阻甚至威脅而慕容熙卻不為所動的情況下，她決定與姪子聯手，殺了小情人，另立天王。

奈何此時的慕容熙絕非以往的小情人，身為一國之主，還是有能力和餘力對付丁太后叛亂的。結果很可憐，丁太后被逼自殺，全家遭殃。臨死前大概是她後悔，因而為後世女性留下這樣的箴言：「女人啊！選錯老公不可怕，可怕的是選錯情人哪！」

滅除寡嫂，為慕容熙帶來兩項好處，一是後宮中再也無人敢吃醋，二是國家大事也完全由自己說了算。瞧瞧，這位少年君主不但下半身能力超強，上半身還有些水準。憑藉著全身才能，慕容熙開始為所欲為著，他大興土木，為自己的美女們修建豪華壯觀的宮室亭臺。

當然，慕容熙修建的樓臺亭閣，比今天任何一座別墅都要高級，不然人家何以一次娶得那麼多老婆？而且苻家還情願將兩個女兒嫁過去？

可是古代的工程，遠遠沒有現今這麼先進，既沒有機器施工，也不見高科技設備，全靠人力施工。為了即時完成慕容熙一流的建築需求，工人們拼死拼活地工作，許多人不幸中暑身亡。死的人太多了，可是離工程結束還遙遙無期。於是慕容熙親自監工，不巧的是路過一棵大柳樹，樹中竟然傳出「大王且止」的人聲，勸阻慕容熙不要繼續下去。這不是跟天王作對，自尋死路嗎？果然慕容熙命人將大樹鋸倒，柳樹也毫不示弱，被砍倒時冷不防從裡面鑽出一條大蛇。但區區一條蛇無法阻擋慕容熙愛美之心，工程終於在死人堆裡完成。慕容熙高高興興地將苻氏姐妹接進宮中，繼續縱情享樂的生活。也是苻氏姐妹福氣太淺，才剛剛住進豪華的別墅，姐姐率先得病了。

那時的太醫水準太差，無法醫治姐姐的疾病，好不容易從民間請來一位叫王溫的郎中，還是把姐姐醫死了。慕容熙大怒，將王溫大卸八塊，焚燒謝罪。

姐姐死了，妹妹專寵。也許從姐姐身上看到了人世無常，這位本來刁鑽貪玩的妹妹，開始更加縱情地玩樂人生。她喜歡外出野遊，頗有些野蠻女友味道。慕容熙有求必應，總是陪伴左右。有一年冬天特別冷，妹妹卻偏好這時外出打獵，結果跟隨的侍從凍死的、被野獸殺害的多達五千人。

五千人死於非命，在天王和妹妹眼裡不值一提，他們還有更搞笑的愛情神話。有一次，天王御駕親征與契丹交戰，妹妹自然侍從左右，沒想到對方人多勢眾，根本打不過他們。慕容熙有些害怕，決定收兵罷戰。妹妹一看急了：「就這麼回去，多丟人！我還想看到勝利的果實呢！」

勝利的果實不是想看就能看到的，對方不是慕容熙，不會自動送死以滿足妹妹心願。怎麼辦？為了討好情人，慕容熙也有絕招，命令部隊繞道三千里，攻打高句麗，以圖撈點便宜。哪想到，這點便宜也不好沾，一路上飢寒交迫，部隊凍死、餓死的人不計其數，最後大敗而歸。

沒有看到想要的東西，妹妹卻得到意外收穫，被封為皇后，成為天王首屈一指的大老婆。大老婆就要有派頭，苻氏皇后將這一點表現的活靈活現。既然貴為皇后，就要與眾不同，特別是吃的東西，不能隨波逐流。苻皇后愛吃反季節食物，冬天愛吃新鮮水果，夏天偏要吃凍魚子。這在今天看來，完全不成問題，冰箱、溫室的，想吃什麼吃什麼。然而回到一千六百多年前，實現這一目標，無疑難於上青天，真是難倒了伺候皇后的人。慕容熙可不管你有多麼難，只要你無法滿足妹妹提出的任何事情，結果只有死路一條。

不知道吃法太刁鑽，還是其他原因？年輕的苻皇后本來身體極佳的，忽然間大病不起，很快一命嗚呼。你說說，接連痛失兩位美貌的老婆，慕容熙該有多麼傷心。慕容熙比任何人想像得都要傷心，他瘋了抱著妹妹的屍體，哭得直到昏死過去。這種哭法被記載在史冊中，稱為「如喪考妣」，意思是像死了爹娘一樣痛哭。

不管怎麼哭，人已經死了，必須放入棺槨。當妹妹的屍體入殮後，最令人稱奇、也最令人噁心的事情發生了，慕容熙忽然打開棺材蓋，像狗一樣爬進去，揭開妹妹的衣裳，當著眾多臣子的面，與屍體進行做愛。這場史無前例的國君姦屍案就此發生。

姦屍已畢，慕容熙還有動作，他命令當官的前來哭喪。為了監督他們，還特地派人督查，哭得眼淚越多，說明越傷心，就是忠心愛國的臣子。相反，那些假惺惺的哭喪者，一滴眼淚不流，都是些欺君罔上的傢伙，必須治罪懲罰。

慕容熙為了表達深情，還有很多事情要做，比如選擇殉葬者、陵址，都是些費腦子的事。結果不少大臣提前洗澡淨身，專等殉葬旨意下發，好去陪伴苻妹妹。可是苻妹妹不是那麼好陪伴的，慕容熙如此摯愛她，不肯讓她埋進暗無天日的地下，一直等到屍體臭了，實在聞夠了，才不得不下葬。

出殯那天，慕容熙披頭散髮，赤著雙腳，完全履行著為父母送葬的高級規格。老天成全他的美名，棺材太大了，出不了城，於是他下令拆毀城牆。這樣，民間好事者就造出謠言：「自毀其門，滅亡將至。」

沒多久，謠言成真，不滿慕容熙的人，群起造反，要了這位姦屍犯的命。

得天下絕色而妻之，金海陵王縱慾亡身

完顏亮是金國歷史上的一位君主，曾經說過這樣一句話：「得天下絕色而妻之。」為此遭到後人不斷嘲笑和謾罵，把他歸入荒淫之列。可是怎麼想怎麼替他委屈，這句話的現代含意應該是：「我要娶天下最漂亮的女人做老婆。」你說說，這有什麼錯嗎？有首歌唱得好「東邊我的美人西邊黃河流……」舉凡男人在世，為的就是兩件事，事業和女人。為什麼完顏亮想娶最漂亮的女人，卻成就千古罵名？況且完顏亮說這句話之前，還有兩句話：「吾有三志，國家大事，皆我所出，一也；率師伐遠，執其君長問罪於前，二也；」意思很明顯，完顏亮將事業擺在前面，到了第三個志向，才說出「得天下絕色而妻之」。

試想一下，如果身邊有哪位男子說出這等話來，是不是該稱之為豪言壯語？完全是的，有了追求和理想，這樣的男人才值得尊重，才會獲得地位和成就。自古美女配英雄，那麼娶到最漂亮的女人，也就不是什麼奢望。

照這樣分析下來，完顏亮無論如何也不該為此遭到唾罵，那麼此君究竟有何創新，或者是世人究竟有何偏見，造就他淫君之名呢？

人的願望與實踐之間，永遠有著遙不可及的距離。這句話同樣適用完顏亮。完顏亮為了實現當皇帝的夢想，被迫弒君篡位，才得以榮登寶座。完成第一志願後，完顏亮沒有急著實踐第二願望，因為他發現，第三個願望實踐起來更方便，也更快捷。於是乎，完顏亮迫不及待地開始了追求美女的生活。

英雄愛美女，完顏亮以英雄自居，自然眼光極高，很快將金國後宮諸女姦淫一遍，這時候的他才發現，人人都說後宮佳麗，實際上這裡的女人也不見得多麼漂亮，離自己心中的目標差遠了。

完顏亮並不氣餒，他知道，自己的職務可以給他提供更多尋找美女的機會。確實如此，此人不是靠篡位發跡嗎？在嗜殺君主的過程中，也殺了很多大臣、宗親，其中自己的叔叔也被他殺掉了。這些男人們命歸西天，拋下很多可愛又美麗的女人。對啊！想想他們都是位高權重的人，不用推想就可得知，身後的美女肯定無限好。

無限好的女人失去男人，多麼令人心疼的事件。完顏亮不想一錯再錯，決定為這些女人創造新條件，讓她們不要虛度光陰。因此她們因禍得福，全部被召進後宮，成為新天子的臨幸對象。原先老公的地位再高，也無法與天子比肩，這樣的改嫁，想必是許多女人夢寐以求的事。

然而，這種改嫁高攀背後，也有著不為人知的勾當。為何？前面說了，完顏亮殺了很多宗親，他們的女人再好，也是自己的親戚，還有不少姐妹。其中叔叔的老婆還得喊聲「嬸娘」，是否照單全收？完顏亮聽了這話，肯定會笑瞇瞇地駁斥：「迂腐！」實際上，他不但寵幸各位堂姐妹、表姐妹，以及外甥女、姪女，還大張旗鼓地冊封自己的嬸娘當了「昭妃」，給予極高地位。想想也是，古往今來多少天子大人全盤接手老爹的嬪妃妻妾，何況區區一個嬸娘。

照此看來，完顏亮的後宮之中，橫臥待寢的「自己人」不在少數。

完顏亮與美女們玩遊戲，還覺得不過癮，這位愛好學習漢文化的天子，偶然間讀到北宋大詞人柳永的一句詞「三秋桂子，十里荷花」，馬上聯想到遍地美女、風情別樣的江南景色。頃刻間，早些年立下的三大志願之二湧上眼前：率師伐遠，執其君長問罪於前。

是不是該南下伐宋？躊躇間，有人為他添了一把火：南宋後宮有位絕美的女人劉貴妃，美豔無比，超過當今任何一位女子。乍聽此言，完顏亮嚇呆片刻。南下伐宋，不僅可以實現第二志願，完全有可能實現第三志願，這種一舉兩得的事情，堂堂大英雄怎可錯失良機！

說到這裡，我們似乎該對「得天下絕色而妻之」這句話重新認識一下，好像不是我們理解的「我要娶天下最漂亮的女人做老婆」這麼簡單，而更應該是「天下的漂亮女人都要做我老婆」這麼高深。你看看，漢語多麼奇妙，同樣的幾個字調換調換位置，意義馬上不一樣了。完顏亮正大光明地實踐著男人們心裡的最終隱私，要將天下女人一網打盡。

在這種宏偉大願促使下，完顏亮不顧朝臣反對，糾集十幾萬人馬，浩浩蕩蕩奔赴南宋。只可惜天不從人願，不肯成就這樣的偉大天子，他被南宋擊敗，逃跑途中，又遭到將士們叛變，被割下頭顱。不知道臨死前，他有沒有抱怨那位不曾謀面的劉貴妃：「既生劉，何不讓我幸幸？」

聞所未聞，宋度宗一夜御女過三十

趙禥做皇帝時，年二十五歲，不用說是男人性慾最發達的時期。這位皇帝沒有辜負這段黃金歲月，以一晚上睡了三十個女人的光輝戰績，穩固地奠定了自己在色情史上的地位。

趙禥很幸運，由於皇帝伯父沒有兒子，他小小年紀時就成為候選接班人。身為太子的他，很早就表現出好色興趣，不斷地擴充身邊女人的隊伍。當然，人家自身條件好，應該是當時南宋王朝中最被看好的潛力股，女人再多，也無可非議。

趙禥又很不幸，二十五歲的大好年華裡，本該縱情風月、吃喝玩樂，過著公子哥兒的快樂生活，卻不料老皇帝一命歸天，留下半壁江山等他治理。

一開始，趙禥並沒有意識到這是不

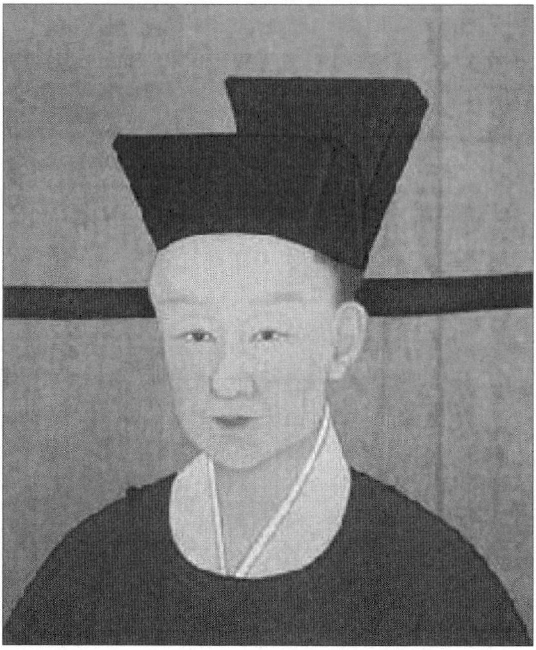

宋度宗趙禥。

幸，反而將這當作幸運之神的關照，樂滋滋地主事後宮。對他來說，第一件開心事，就是老皇帝拋下的宮女彩娥們可以一一繼承過來。就是說，憑空增添了幾千美女佳人，這是不是筆很大的財產？是，趙禥肯定地回答後，開始按照宮廷制度臨幸她們。

有人說了，臨幸還需要制度嗎？當然啦！制度很嚴格，除了我們在前面說過的陪睡數量制度外，最重要的機關在於，天子睡女人，正常情況下需要有人負責安排，以達到「夜夜不空過」。那麼誰來安排天子的性愛生活呢？女史，這些人是宮廷中的女官，具有一定的專業水準，瞭解天子大人的生辰八字，以及諸多嬪妃的生日、經期規律、習性愛好等等，根據這些專業知識，女史們就可以選擇正確的時辰、合適的禮儀，讓天子大人找到最佳配對，獲得最優質性服務。

注意了，女史們可不是文盲，她們有權力握筆，記錄天子大人的性生活史。這種筆是特製的彤管紅色毛筆，因此帝王性史又叫彤史。天子大人的性愛，歷來被超級重視，原因在於中國人非常重視血統問題，天子的女人是不是生下了天子的兒子？這可是關係江山社稷的大事，所以說，女史們手握一支筆，權力重於天，馬虎不得。

從彤史可以看出，中國人在性愛方面對於紅色的偏好。婚禮離不開紅色，將婚事稱為紅事，為什麼呢？因為在老祖宗看來，紅色是生命力和創造力的象徵，是性的象徵。而且他們認為女人是紅，是火；男人是白，是弱，這就是「男白女赤」之說。宮廷畫中，這種「男白女赤」的裸體不乏出現，就是在告訴人們，在性方面，女人是優於男人的。不知道歷代帝王是如何理解這一說法的，反正在他們的床上，也許有女人享受到這一待遇，然而大多數女人提供性服務之後，必須盡快離去。為什麼呢？她們沒有身分、沒有地位，不可能待到天亮。

再說維護宮廷性制度的女史們，儘管有權力，也有管不到的地方，比如天子大人忽然興起，與某某女子來段「一夜情」，根本不顧忌女史們的安排，這可怎麼辦？發展到南宋時期，宮廷為了解決這類難題，有了新的辦法：被天子寵幸的女子，第二天一大早必須到天子宮門前謝恩，感謝皇帝昨日撒播雨露。

這樣的話，女史們的工作量就輕鬆了，根據每天宮門前謝恩的情況，記錄在案，不就得了。

然而趙禥當了天子後，女史們的工作量驟然增加。因為每天早上前來謝恩的女人數量激增，直至有一天，宮門外跪著三十位嬌羞欲滴的女子時，見多識廣的女史們也傻了眼，這是真的嗎？昨兒一夜天子大人睡了這麼多女人？就算昨夜天子十二個小時不辭勞苦，奮力作戰，那麼算下來也是二十四分鐘完成一次衝鋒。老天爺，這可真是您的聖子，不同凡人啊！

最終，女史們把三十個女人的名字一一記錄在冊，以備後查。從此，好事的史學者們常常翻出此事，不懷好意地探討研究一番，趙禥兄弟何以具有如此神功？結果他們無一例外地認為：趙禥藉助壯陽藥幫忙。從古至今，天子大人被安排了太多工作，特別是太多女人工作，從三宮女院到數萬宮女，紮根在這麼多女人堆裡，就算有著三頭六臂，又能如何應付過來？因此壯陽藥物是天子們的必備品，也就不足為奇。延伸開來，許多專業人士為天子提供各式各樣的水果藥物、點心藥物，也不過是掩人耳目而已。

趙禥沒想到無意間將自己的緋聞遺留歷史，更沒想到不當家不知道柴米貴，自從當了老大，除了數不清的女人讓他心花怒放外，更有數不清的朝廷事物讓他頭昏腦脹。本來，趙禥認為自幼聰明伶俐，藉此獲取伯父皇帝厚愛，登上寶座後自然可以應對時局，不治理出個太平盛世，也不至於昏庸無能。

然而事實很殘酷，當了一段時間皇帝，趙禥徹底認輸了，他無法實現一邊奢侈淫樂，一邊從容治國的理想，特別是面對北國元朝軍隊大舉南下的危局，讓他心中惶然，無奈之下，人會選擇其一而從之，趙禥選擇了前者，將惱人的國家大事交給宰相賈似道，自己專心沉湎酒色，荒淫娛樂，美其名曰「垂拱而治」。因為這樣的日子比起為了朝政日夜難眠，確實過得較快活一些。

奈何趙禥眼光也不濟，你瞧瞧他選擇的宰相，光看名字就知道不是個好人。賈似道，總給人「道貌岸然、假裝道德」之印象。確實，此人沒有辜負自己的好名字，實踐著真正的小人路線，最大膽、最無恥的行為是在元軍猛攻襄樊時，竟然密而不報，還對趙禥說：「我們打勝了，陛下不用擔心。」言下之意，您繼續玩樂您的人生。

結果元軍攻破襄樊，也就打破南宋的最後一道防線。趙禥再無能，聽到這個消息，還是當朝昏死過去，不久後死於酒色。這最後的酒色，比起先前的酒色，不管怎麼說多少增添了些悲涼味道。

一心復國，周赧王債臺高築

有位天子大人，在位時間長達五十九年，留給後世的最大貢獻竟是「債臺高築」這句成語，無可爭議地坐上舉債者的頭把交椅。此天子名姬延，史稱周赧王。赧，羞澀之意也，看來人們念念不忘他高築債台的事情，並且以此為恥。

其實，赧王舉債，本有著一腔雄心壯志，為的是中興光復周室天下，怎麼說也是英雄之舉，卻落得如此悽慘下場，真正令人感慨「報國無門」這句話。

要說起來，這怪誰呢？怪就怪赧王大人生不逢時，他沒有出生在周王朝興盛時代，偏偏趕上戰國七雄並起，他才登上天子寶座。提起戰國七雄，馬上讓人聯想到戰火紛亂、鐵戈兵馬，實乃英雄輩出的大好時代。當然，估計多數人都不知道，這樣的時代泱泱華夏大地上還有位周王天子。為什麼會有周王天子呢？很簡單，周王朝開國之後，封了八百諸侯，這些諸侯不斷壯大，互相吞併，這才最終演繹出戰國七雄——秦、齊、楚、燕、趙、魏、韓。這七家諸侯勢力大了，根本不把主子放在眼裡，逐漸剝奪周王室封地，結果到了赧王大人當家時，雖然號為「天下共主」，實際領土只有巴掌大，還趕不上中等諸侯國面積，這還不算，七雄憑藉人多勢眾，又把這塊土地一分為二，於是出現東、西二周，東邊鞏縣，西邊洛陽，兩家各自擁有主人，名為「周公」。那麼我們的赧王天子就被架空了，既無土地又無臣民，只承擔著一個虛名。還好，東西二周公雖然彼此不待見，常常動手鬧些紛爭，可是他們都不願意白白拿錢供養赧王，於是經過討論，決定輪流供養著他，真像戲裡唱的「吃了東家吃西家」，赧王成為歷史上獨一無二的遊走天子，過著乞討為生的日子。

赧王天子有名無實，看人眼色過活，真正體會到什麼是「寄人籬下」。如果他就此向命運低頭，默默忍受命運安排，事情也就到此為止。可是這位赧王偏偏繼承祖輩英明的血統，在身無分文的情況下，有著一顆聰明的大腦袋。這顆腦袋做什麼呢？日夜擔心時局，東、西、南、北、中地分析，什麼秦國越來越強大了，連橫抗縱的計策怎麼樣啦？等等問題擺在這位主公面前。呵呵，誰也不會擺給他看，只不過他實在太多事了，非要自己擺出來研究研究。結果還真讓他焦慮，日益強大的秦國不斷吞併地盤，勢力一而再地擴大，眼看著就要一統天下，取周王朝而代之。身為周王朝天子，你說赧王大人該有多麼焦急！實際上，周王朝已經名存實亡，不被秦國吞併，也沒有自己什麼事，可是赧王大人不這麼想，他想只要有我在，就有周王朝在，要是任由秦國這麼發展下去，早晚有一天會廢了我，建立什麼大秦帝國，那才是周王朝的末日。

亡國之恨，其恨最切，赧王大人就在這種煎熬中度日，可是他除了著急，什麼辦法也沒有。很簡單，他自己一日三餐都難保，這樣的身分、地位如何對付強秦？對付不了，聰明的赧王還有高招：等待時機，這就是歷代帝王們推崇和經常演繹的「韜光養晦」策略。

也許是老天爺可憐赧王，在他當了五十六年天子時，還真給他送來一個機會。一向天下無敵的秦國在邯鄲戰爭中突遭失敗，這讓其他六國看到對抗的曙光，楚國人率先搬出對付秦國的老計謀「合縱」，打算再次聯合起來討伐秦國。

所謂師出有名，既然是合縱，是六國共同作戰，就該有個盟主，有個頭說了算。然而發展到如今，六國已經互不服氣，誰也不肯聽誰的。不過這也不是大問題，不是還有個備用人才嗎？誰？赧王天子。人們終於記起赧王大人，記起天下本有位「共主」，我們討伐逆賊秦國，為的就是維護周王室和平，再說明白點是在為赧王打天下。這不得了，發起者楚國一馬當先，派出使臣覲見赧王，請求他發出討賊詔書，並且組建討賊大軍。

赧王接見使臣，明白來意後，當場哽咽而泣，此刻他心裡想：「老天有眼啊！終於讓我等來討賊平逆的機會啦。只要我組織人馬掃平秦寇，重整王室雄風的日子就不遠了！」

為了彰顯自己的勢力，赧王火速批准討伐秦國的計畫，而且下令西周公即刻組織全國軍隊隨時待命跟隨盟軍趕赴前線。接下來的時間，赧王進入人生最忙碌也最興奮的時刻，他不顧年老位重，親自跑前跑後，催著西周公趕緊調兵遣將。看他的激動樣子，彷彿置身百萬大軍中，喝馬揚鞭，一路衝殺進函谷關，活捉逆賊秦王，判他個大不敬之罪。恍惚間，赧王好像看到周室輝煌的宮殿樓閣，文王武王位列其上，正在對著自己點頭微笑。

是啊！如果光復周室，其功績之大，不在文王、武王之下……看來赧王大人想的有些遠了。這不，幾聲嘶鳴，西周公調集的軍隊趕來，驚醒赧王的美夢。赧王趕緊擦亮眼睛，仔細清點這支御林軍，可惜的是，軍隊人數太少，不過六、七千人而已。

然而，對赧王來講，六、七千也沒關係，他心裡明白得很，西周不過三萬戶人家，提供這些兵源已經很不容易了。當了這麼多年司令，他還知道什麼是知足。

可是一個人知足沒用，士兵們不知足，為何？出征打仗，最起碼要有武器盔甲，眼前可好，六、七千人赤手空拳的，真成了送上門去的肉包子。

這件事也在赧王大人的考慮之列，他是位挺有頭腦的政治家，知道孫子留下的「舉兵十萬，日費千金」的軍事箴言，知道戰爭不僅犧牲人命，還會犧牲大量金錢。我們的赧王既然早有考慮，也就有了對策，他知道西周國小利薄，拿不出金錢養活軍隊。但是這塊土地上活躍著一群有錢人，誰呀？生意人。洛陽處於要衝地帶，自古商業發達，養育出一大批會賺錢的商人。所以別看赧王大人囊中羞澀，在他地盤內有些人卻富得流油。

赧王早就盯上這群生意人，這是不用懷疑的事實。這不，赧王聽說軍費不濟，馬上親自跑到富商們家中，逐個動員他們，向他們借錢。天子借錢，商人們會是什麼表情？赧王憑藉聰明的大腦，首先向商人們慷慨陳詞，訴說秦國之可惡，討伐之必要，以及盟軍之決心，戰爭之樂觀。總之一句話，赧王告訴商人們：「討伐秦國，是天下人的共同心願，你們出資相助，實乃大義之舉，可謂功名千秋！」

可是商人無義，說的一點也不錯。洛陽那些商人更看重金錢，而不是功名等。他們說了：「我們不管那麼多，大王您知道『借錢還錢』這句話。錢可以借給您，可是您拿什麼還帳？」對啊！戰爭比吃角子老虎厲害，吞噬起金錢來兇猛無比，您拿我們的錢瀟灑了，還給我們什麼？

赧王胸有成竹，立即回答：「好說，這不是去討伐秦國嗎？關中地區土地肥沃，這些年經濟發展迅猛，是富裕的好地方。到時候拿下秦國，少不了戰利品，你們只管去取，想要什麼拿什麼！保證連本帶利，一分不欠。」說完，鄭重其事地簽下還債契約。

看似畫了一張大餅，卻引得洛陽商人們頻頻頷首稱是。無商不奸，想必他們被優厚的利潤吸引，決定不顧風險，投資到赧王的偉大事業中。

有了錢好辦事，赧王風風火火地推行自己的第二步計畫，購置軍需物品，很快將六、七千士兵裝扮一新，儘管他們老的老、小的小，但是個個盔甲鮮明，倒也不失威武精神。

這邊準備就緒，只等著盟軍一到，開往前線。赧王左等右等，不見盟軍消息，只好派出人馬催促他們。這一催不打緊，真讓赧王大人從六月暑天掉進冰窟窿，原來楚國發出討賊令後，多數國家並不響應號召，他們有的害怕秦國，有的只求保存實力，結果所謂的盟軍，只有楚國和燕國派出了兵馬。這兩國兵馬集合幾個月，始終不見會師的動靜，也不敢單獨向秦國挑戰，乾脆收兵拉倒。

赧王得到消息，徹底傻眼，一場轟轟烈烈的中興大計就此流產，而數數身邊的金錢，已經所剩無幾。就是說，赧王由原來的無產者一下子淪落為負債者。負債累累，壓彎年邁天子的腰桿，他再也抬不起來了。

商人無情，洛陽的商人們聽說赧王的事業破產，毫無同情心，湧上門來討債。他們紛紛亮出還債契約，在赧王面前大吵大嚷，那架勢如果赧王值幾個錢，他們會毫不客氣將他賣了。可惜赧王糟老頭子一個，不值錢，只好厚著臉皮請求商人原諒，寬延還債期限。

可能嗎？商人們根本不信這一套，日夜上門逼債，就差揪著老頭子的鬍子動手了。赧王偌大年紀，又不是楊白勞，哪經得起這般陣勢，最終想出躲債的妙法，讓人修建一座高高的樓臺，自己躲到上面，逃避債主的圍追堵截。

這個臺子有多高呢？歷史沒有記載，不過世人有趣，為臺子取了個名副其實的名字：逃債臺。估計當時的情形是這樣的，商人們來了問：「欠債天子呢？」答曰：「在逃債臺。」逃債臺如此有名，以致於演變成「債臺高築」這一成語，形容深陷重重債務困境的局面。

赧王躲在逃債臺，又不會生金子，自然始終還不上債務。在這個過程中，秦國不費吹灰之力吞併西周，理所當然地剝奪赧王「天子」身分，還搶奪他的祖傳九鼎。九鼎是王權的象徵，誰當了天子誰有權力擁有，九鼎既失，周王室徹底滅亡。赧王終於眼睜睜地看著祖宗基業斷送了。

裝瘋賣傻，從廁所撈出的唐宣宗

提起宮廷鬥爭，總免不了爾虞我詐、兩面三刀等等貶義詞，讓人覺得負責國家最高權力、政治、法律的宮廷機構是個大陷阱，一不小心跌進去，就會死無葬身之地。也是因為如此，宮廷歷來是人們津津樂道的地方，要想從中發掘出點新鮮元素，可謂俯首即來。我們的唐宣宗李怡就深諳宮廷鬥爭的玄妙，為後世奉獻出經典的裝瘋賣傻戲碼，成為大唐歷史中最富傳奇色彩的皇帝，非常值得一看。

李怡生在帝王家，父親是皇帝，哥哥也是皇帝，他從小就被封為光王。奈何這位王爺與眾不同，木訥無語，整個大明宮中幾乎看不到他的身影，偶爾現身，也是呆頭呆腦的樣子。這樣的日子久了，人們自然而然把他當作「智障人士」看待。「智障者」會如何度日？平日我們見得多了，他們受盡侮辱和嘲弄，完全承受著非人生活。

那麼貴為王爺的李怡日子過得怎樣？很抱歉，大唐王室人才濟濟，男士們風流天下，女子們嫵媚妖豔，處於這種環境下的李怡，日子過得多麼不幸！李怡成為王室人員耍弄的對象。而且人們一致認為，這與那次驚嚇有關。那是李怡哥哥當皇帝的時候，有一天李怡去給太后請安，沒想到正碰上宮人行刺。殺人場面誰不害怕？從此以後李怡更加木呆，似乎證實了一件事：這個呆子被嚇傻了。

嚇傻的李怡也會長大成人，像所有皇子王爺一樣，都要搬出皇宮，到自己的王府生活。大唐時期皇族王爺們居住地比較集中，人稱十六宅。十六宅內皆顯貴，不是皇帝的兄弟、兒子，就是皇帝的叔伯，這些至親人在一起，會如何生活？除了夜夜笙歌，他們最大的樂趣就是捉弄李怡。特別是隨著哥哥去世，姪子們輪流當皇帝，李怡的日子更慘了，這幾位皇帝姪子親切地稱呼他「光叔」，無論大小場合，總不忘帶上他，做什麼呢？出醜，以博得歡笑。

看看吧，大唐王室淪落到何種程度，天子們以取笑親叔叔為樂。

李怡沒有絲毫反抗的意思，逆來順受地接受著姪子們安排。有一次姪子文宗在十六宅宴請諸王，大夥喜笑顏開，推杯換盞，場面無比熱鬧，唯獨李怡悶頭不響，好像置身事外。文宗遍觀諸王，忽然金口一開：「誰能讓光叔開口說話，我重重有賞。」

本來大家就想拿李怡尋開心，現在又有天子旨意，那還不盡情發揮。於是乎，一擁而上對李怡百般戲謔。奇怪的是，儘管大家用盡招數，李怡就像根木頭，連嘴角都一動也不動。如果你置身這種場面，會怎麼樣？反正諸位王爺們更加開心了，文宗也笑得前仰後合。

這次事件讓大家很過癮，也讓一人很擔心，誰？文宗的弟弟李炎。李炎忽然覺得光叔李怡高深莫測，不是嗎？一個人不為外物所動，達到這種境界，該是何種定力！

這樣的想法在李炎當了皇帝後，依然心有餘悸，他不放心那位傻子光叔，開始不斷地折騰他。今日帶他外出打獵，冷不防來個馬失前蹄，將他重重摔下馬去；明日帶他到宮中遊玩，卻不知為何臺階成為絆腳石，將李怡摔得鼻青臉腫。所以李炎當皇帝後，人們眼中的李怡不但傻，而且倒楣透頂，總是體無完膚的樣子。

直到有一天，李炎實在煩了，心想他是不是練就不死神功，怎麼這麼折騰都死不了？這樣的疑問會讓人很煩躁，李炎也是，他狠下心來，決定製造個更大的「意外」。於是我們看到，那天大明宮中四個宦官手抬肩扛，將一個捆得結結實實的人扔下茅廁。

皇帝的一切都很隆重，都被記載入檔，可是皇帝如廁的事很少有人提及。實際上皇宮中的茅廁也是非常高級的，高級到什麼程度呢？還記得漢武帝第一次臨幸衛子夫吧？兩人就是在茅廁中完成的，可想而知，皇宮中的茅廁不單純是茅廁，而是個高級洗手間，陳設布置絕不亞於一般人的別墅。

然而茅廁再高級，也是屎尿之所，那個被宦官抬進來的人，正是李怡，就見宦官們手一鬆，把他扔進茅坑裡，濺起黃湯一片。很快，李怡就被黃湯淹沒了，死活不知。

大宦官仇公武趕緊跑去向李炎報告任務完成情況，並且惡狠狠地說：「這種賤骨頭不容易死，不如再給他一刀。」李炎欣然同意。

出人意料的是，仇公武沒有按照自己的建議行事，反而神不知鬼不覺地撈出李怡，三兩下就把他埋到糞土車中，悄悄運出宮去。李怡終於擺脫了非人的宮廷生活，一路南逃，逃到浙江當和尚。這麼看來，仇公武救了李怡，是不是在做好事積陰德？

幾年後，李炎去世，他的兒子們年齡太小，李唐王室成員們為了爭奪下一任接班人，開始殊死鬥爭。這時令人稱奇的事情發生，仇公武趾高氣揚地簇擁著早被人遺忘的李怡回到長安，並成功地將他推展成皇太叔。人們知道，多一個「太」字，就意味著此人是皇位接班人。

這下子，輪到王室人員以及天下臣民傻眼，他們恍然大悟：當初仇公武從臭氣沖天的茅廁中撈出李怡，是撈出了一塊政治法寶。想想李唐王室，還有比李怡更傻的傻子嗎？沒有，所以他被宦官們擁立後，應該是最好的傀儡天子。仇公武沒有否認，他就是要立一位傀儡，好讓自己任意擺布，李怡是他早就相中的人物。

那些日子，仇公武的臉上始終蕩漾著心花怒放的笑容，他在算計著擺布傀儡天子的大好時光。

然而，在李怡正式登基之後的第二天，仇公武笑不出來了。這位三十六年來以傻著稱的天子人物，忽然間眉宇放光，神色威嚴，話語清晰，決判明確，他不但不傻，比正常人頭腦更好，做事更有條理，簡直是聖君再世。

不但仇公武笑不出來，李炎扶植起來的大臣們也笑不出來了，李怡大刀闊斧地改革政治，掃除弊端，任用賢人，打擊佞臣，很快將頹廢的大唐王室帶入中興盛世，開創歷史上有名的「小貞觀」。就是說，李怡的政績可以與他的先祖李世民相提並論。嗚呼哀哉，至此很多人的傻眼瞪得更大了：「李怡裝瘋賣傻這麼多年，原來是在韜光養晦啊！」

被妃子休掉，唐德宗活得何其窩囊

說起唐德宗李適，總給人半明白半糊塗的印象，是個好大喜功的主，卻落得悽悽慘慘的結局，被史官們評論為：「志大才疏，心偏意忌，自以為果斷聰明，實不能推誠御物，尊賢使能。」一句話，有夢想，沒有實現夢想的辦法和途徑，這樣的人生想來比較窩囊。

唐德宗李適的事業不夠輝煌，愛情生活同樣可悲可嘆。據說他是第一位也是唯一被妃子休掉的皇帝，這樣的歷史又是如何演繹的呢？

那位超級大牌妃子名叫王珠，人如其名，是位珍珠寶貝樣的可人兒，不僅長得美，琴、棋、書、畫樣樣精通，簡直超過大唐美女楊貴妃。更為可貴的是，我們的德宗皇帝李適比王珠大不了幾歲，兩人匹配，也是青春正當，不像唐宣宗，糟老頭子一個卻霸佔正值妙齡的楊貴妃，這樣的愛情總讓人感覺不對勁。

再說明一點，李適遇到王珠時，還是位青春年少的太子爺，當即被她的美貌吸引，提議將她迎入宮中。別看王珠年齡小，很有主見，馬上表示：「皇宮是個最見不得人的地方，一群女人爭奪一個男人，卻沒人有好下場。我才不去。」想必她十分同情楊貴妃的遭遇。

當面求婚不成，太子李適很惆悵，就請求母親大人前去提親。太子娶媳婦，也要走媒聘之禮，由媒人提親，送聘禮，然後雙方家長訂親，最後成婚，這才是正規程序。李適的父親派遣大臣李晟夫婦做媒人，帶著聘禮和聖諭來到王家，宣布讓王珠進宮做太子妃。

哪知王珠姑娘不吃這一套，這可急壞了家人，在他們好說歹說下，她出面對媒人說：「我年齡太小，不懂宮廷規矩，如果進宮後做錯了事，還會連累家人。不如等到以後太子繼位，我再進宮也不遲。」這番推托之詞，到了李適耳中，就成為愛情之約。對啊！耐心等幾年吧！

這一等果然李適當了皇帝，當然，這樣的青春兼這樣的身分，李適不可能不娶妻，而且一娶就是好幾個。特別是當了皇帝後，後宮佳麗們都讓他繼承。其中有位姓王的妻子，很巧，與王珠同姓，十分得寵，被封為皇后，李適親自為她主持加冕大典。當皇后可不是一句話的事，需要正式的儀式確認，其隆重程度恐怕僅次於皇帝登基，除了各種禮儀程序外，皇后需要裝扮上冠冕霞帔，接見百官朝賀。王氏皇后在完成加冕大典後，就香消玉殞，看來這是李適送給她的最後禮物。

皇后去世，李適悲痛不已，常常哭得一把鼻涕一把眼淚。這讓人很擔心，也很納悶，人人都說後宮佳麗三千，而且唐玄宗更是善門大開，一度將宮女增加到四萬，李適的後宮中怎麼也該有個幾千美女，怎麼不能討他歡心？這些嬪妃宮女還就是很無奈，無論如何也喚不起李適興趣。還是宦官知情，猛然提醒李適：「陛下，你怎麼把王珠姑娘忘了？」

一語驚醒夢中人，李適精神大振，想起那年有約，急忙派出翰林學士做媒人，手捧皇帝冊文到王家。這會兒王珠怎麼辦？說出去的話潑出去的水，沒辦法只好收拾一下，來到皇宮。看來皇帝娶媳婦，派人接新娘子即可，自己完全可以坐等新人入帳。

有人說了，這些年李適左擁右抱的，王珠也老大不小了，在那個年代不早就出閣嫁人了？非也，王珠因為被未來的皇帝相中，是不可以隨便嫁人的，也沒有人敢隨便娶她。就像數不清的宮女們進宮後，不可以隨便嫁人一樣，要等到皇帝把她們趕出宮後，才可以談婚論嫁。

再說李適，見到昔日美人，心情格外高興，再次舉行隆重大典，直接冊立王珠為貴妃。唐朝制度，皇后之下，分別為貴妃、淑妃、賢妃、德妃，王珠由民女一躍升為貴妃，成為後宮實際主人，這樣的地位是多少女子作夢都想的事情，看來李適也想明白了，要一舉攻下美人心，讓她徹底明白，嫁給自己才是最佳選擇。

王珠過上了榮寵無比的日子，優越的生活條件讓人瞠目，她每天洗三次澡，起居坐臥皆有宮女服侍。她吃飯時，身邊有八個宮女為她端飯端茶，她活動時，更是無數宮女、宦官前呼後擁，威風八面。這樣的日子，這樣的生活，即便你不想要，可是一旦擁有，也很難擺脫。人是有慾望的，誰不想活得更好？況且除了這些，李適為王珠送去女人最想得到的東西：男人的疼愛，日夜陪伴左右，含情脈脈，不肯上朝理政。「一朝選擇君王側，六宮粉黛無顏色」。王珠美人完全可以演繹另版楊貴妃。然而事情的發展出乎意料，王珠美人很不開心，終日眉頭緊鎖，鬱鬱寡歡，「潘郎弄巧，美人不笑」，李適遭遇平生第一恨事，甚至說出「要是能看到王貴妃展顏一笑，我就是不做皇帝了，也沒什麼」的話來。

可憐李適，為了討好王珠美人，特意修建一座水晶樓，並且安排一場盛大舞會。就在笙歌燕舞中，王珠美人卻不見了，李適好害怕，急忙趕到樓上去尋她，卻見美人淚流滿面，哭成個淚人兒。王珠索性說出心中苦惱：「我受不了宮中禮儀約束，現在萬歲爺這般恩寵，更讓我難受，要是你可憐我，還是把我送出宮去吧！」你說說，當年周幽王烽火戲諸侯，還引得褒姒一笑，怎麼我這般努力，卻換來幾句冷言冷語。李適的苦悶也是所有男人的苦悶，他們不知道女人是怎麼回事，放著好日子不過，整天胡想什麼呢？

李適碰了一鼻子灰，掃興地下樓。這可給了其他女人機會，她們巴不得皇帝不去見王珠，好給自己機會。在女人堆裡，李適漸漸找到感覺，也漸漸淡忘王珠。不過感情不是滑鼠，點擊一下可以全部清除，李適還是放不下王珠，一日興起又來到王珠宮前。這次更讓他大開眼界，王珠卸下貴妃裝束，身著布衣裙釵，正與宮女們有說有笑地洗衣服、舂稻米，澆花種菜，不亦樂乎。

李適哭笑不得，更為自己無法擺平這樣的美女而惱火，衝口問道：「妳到底想怎麼樣？」

這句話問得很白癡，不過王珠回答得很認真，她跪在地上說：「我是一個平民女子，喜歡種田工作，崇尚自由。皇宮對我來說，就是一座豪華監獄，雖然富貴異常，卻沒有一點樂趣。還是請求皇帝放我回去吧！」「生命誠可貴，愛情價更高，若為自由故，二者皆可拋。」王珠美人真情告白，將這段至理名言來了個現身說法。被氣急了的李適怎麼說？他氣狠狠地說：「妳真是沒福氣的人，無藥可救！」說出這幾句話時，想必李適內心是痛苦的，是無奈的。任何一個被女人拋棄的男人，大概都可以理解李適的感覺。

王珠是個奇女子，李適也不做齷齪的男人，如今分手已經提出，沒必要死纏爛打了。李適很大度，很自然，又很寬容地滿足王珠的請求，用一輛小車將她送回娘家。呵呵，歷史上獨一無二的休皇帝老公案件，就這樣結束了，是不是讓人覺得有些太順利了？

崇理招妓，貧民皇帝宋理宗

十八歲之前，趙昀是南宋小朝廷治下一名平民的老百姓，日子過得有些拮据，甚至相當灰色。因為他老爹早早地死了，又沒有留下什麼遺產，拋下孤兒寡母難度日，趙昀和弟弟被母親帶到外婆家，從此過上寄人籬下的生活。

住在外婆家，日子是不好過的，同樣在外婆家生活的林黛玉不是說過「一年三百六十日，風刀霜劍嚴相逼」這樣的話嗎？趙昀還不如林黛玉，好歹後者有個當官的富爸爸，可是趙昀就慘了，父親至死不過是個從九品小官，能為兒子們留下什麼可利用的資源？答案很明確，既無錢財又無人脈。

看來趙昀和弟弟只能赤手空拳打天下了。哥倆是這樣想的，他們的舅舅全保長卻不這樣想，因為他知道外甥們身上還有一項特殊資源，當然這也是他們無能的老爹留下的。這裡有人奇怪了，一個從九品小官能給兒子們留下什麼特殊資源？說起這個特殊資源，那可真是嚇人一跳：宋太祖的血統。原來趙昀兄弟算起來是宋太祖趙匡胤的十世孫，就好像當年劉備見到漢獻帝，兩人論資排輩，弄出個皇叔一樣，趙昀兄弟也有著皇室血統。

不管結果如何，全舅舅十分認真地對待這件事，比起對待兩個外甥還積極。一天，丞相的門客余天錫路過他家時，他就殺雞宰羊地熱情招待，並且不失機會地推出兩個外甥，對他說：「這兩個孩子是宋太祖的十世孫，算命的人說了，他們前途無量。」看來，十世孫的份量已經不夠級別，還要搬出天命論，以加深對方的印象。

無巧不成書，余天錫此次奉命辦事，任務之一就是要尋找皇室後代，為何？因為沂王的兒子死了，想在宗親中選擇候選人繼承王位。面對這樣可遇不可求的好事，他當即回京覆命。

全保長聽說外甥們可以繼承沂王之位，真有了一步登天的感覺，立刻變賣田產，為外甥置辦行頭，而且大擺筵宴，款待四鄉百姓，那架勢真是擺足了，比皇帝回鄉還要熱鬧。當地老百姓們無不歡送禮物，有人甚至把女兒都送來了，只等著有朝一日成為王妃娘娘。也有人不住地後悔：「你說怎麼沒早看出這哥倆還是王爺命？哎，趕緊回去查查家譜，咱們祖上是做什麼的？」

總之，趙昀兄弟的事情轟動一時，在舅舅炒作下，那是絕對超級新聞事件。然後，他們一行人轟轟烈烈地踏上趕赴京城的道路。

全舅舅只顧高興，卻不料炒作帶來負面效果。原來這次尋找宗親事件，完全是丞相史彌遠個人操作的，他與現任太子不和，唯恐太子登基後對自己不利，因此一門心思想著廢了太子，找個聽話的人選當皇帝。他知道，北宋時期一直是趙光義的後輩當皇帝的，南遷後，皇室成員銳減，為了增加人選數額，不得不把趙匡胤的後代同等對待。這也是本文主人公趙昀有幸被史彌遠派出的人注意到的淵源。

從史彌遠的心路歷程來看，他選擇趙昀，有著不可告人的秘密。既然是秘密，知道的人自然越少越好，所以就連余天錫也不知情，只知道是為沂王尋找接班人，不知還有取代太子的深意。

現在可好了，史彌遠聽說全舅舅大張旗鼓宣揚趙昀兄弟的奇遇，真是嚇了一跳，急忙把趙昀等人打發回去。

從天堂跌入地獄，頃刻間全舅舅傻眼了。於是，這次奇遇徹底變成鬧劇，讓全舅舅家鄉人取笑了好長時間。

正當人們開始逐漸淡忘此事，把它當作美夢一場時，丞相大人的使者又趕到，帶趙昀兄弟進京。全舅舅這次學精了，擔心再次成為笑柄，委婉推辭。也許史彌遠想到這一點，特意囑咐使者告訴全舅舅：「趙昀福大命貴，應該在京城撫養。」就這樣，全舅舅不敢與丞相對抗，只好再次讓人帶走趙昀。

誰能想到，趙昀這一進京，好運就像六月天的雨點一樣砸向他。在史彌遠運作下，他不僅很順利地成為沂王嗣子，過上貴族生活，還學習禮儀文化，讀經論典，官爵也提升，兩年後還被任命為皇子。這裡有必要交代一下，老皇帝沒有兒子，太子是過繼來的，既然可以過繼一個太子，自然也可以過繼另外的兒子。可見，史彌遠深謀遠慮，步步設局。趙昀已從兩年前的貧民，不知不覺離著皇位只有一步之遙了。

果然，老皇帝閉眼後，史彌遠矯詔廢除太子，擁立趙昀做了皇帝。美夢是如何成真的？看看趙昀的故事。

趙昀平白無故撿了個皇位，當然不會忘記恩人史彌遠，實際上他也不敢，因此只好把所有權力交給史彌遠，讓這個人過了十年官癮，直到病死才收回權力。

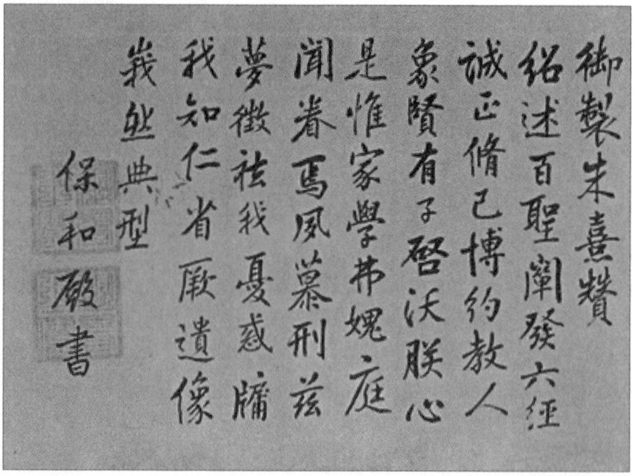

宋理宗書朱熹贊。

此時的趙昀經過十年宮廷生活薰陶，雖然形同傀儡，卻學習各種文化典籍，瞭解當天子的禮儀模式，是個人模人樣的皇帝人物。他有了權力後，也曾想著「新官上任三把火」，有一番作為，為此特別崇尚「理學」。理學又稱道學，是程顥、程頤兩兄弟發揚光大，朱熹集大成的學問，主要精髓就是「存天理，滅人欲」。

趙昀很欣賞這些道理，還把當時理學名流們請進皇宮，共同探討研究，並將理學規定為正統。從此，理學嚴重影響了中國人的思想和生活，直到發展成為精神毒瘤。

趙昀皇帝演習理學，是不是得到其要義精髓，懂得了「存天理，滅人欲」的含意呢？這一點不好說，但是「滅欲」在他那裡沒有實現，反而向著反面發展，到後來這位皇帝大哥乾脆把妓女請進皇宮，正大光明地尋歡作樂起來。

這位幸運的妓女名唐安安，既然被皇帝大人金屋藏嬌，自然有著非凡的容貌和才藝。她不僅親自為趙昀帶來歡樂，還推薦一大批伶人歌伎進宮，共同為皇帝大人助興。結果皇宮成了戲班子，日日歡歌笑語。這固然是娛樂的好辦法，可是那些理學大家看不下去了，這些年辛苦培養的皇帝學生，好容易在朝堂立足腳跟，要是陛下帶頭破壞理學精髓，還不毀掉自己的大好前程，於是他們上書勸諫，希望皇帝謹記「存天理、滅人欲」的教導。

皇帝雖不是名好學生，也不至於與老師們作對，悄悄地藏起這些勸諫書，好像什麼也沒發生，照常與妓女伶人們快快樂樂地度過每一天。在他看來，一方面利用理學家的道德統治別人，一方面自得其樂，這樣的日子才叫美。

結果怎麼樣？理學家們講起道理來一堆，治理國家可就免談了。有位叫真德秀的理學大師，名聞朝野，被趙昀請進朝中，傾聽他的治國大計。此人名如其人，站在朝堂上好好地秀了一把道德真經，什麼「正心」、「誠意」，這樣的大理論對於國力衰敗、經濟落後的南宋小朝廷有何意義？沒有。就連那些歌伎伶人都看出他的花拳繡腿，將他大大地嘲弄了一番：「什麼大學中庸，不過白吃了糧食，白喝了美酒！」說來也是，還不如辦文藝活動，掙點小費花花。

被做成臘肉，遼太宗管不了死後事

遼太宗耶律德光是大遼第二代天子，您要是不知道他，肯定知道他的乾兒子——後晉皇帝石敬瑭，歷史上最有名的「兒皇帝」。石敬瑭為了討好乾爹，可謂費盡心機，有求必應，一句話，比親兒子孝順多了。

據說有一次，石敬瑭為了表示孝心，為耶律德光送去了兩位名廚，誰能想到，這兩人最終把耶律皇帝做成一道臘肉，成就歷史上最奇特的帝王軼事。

廚子為何這麼大膽，敢把皇帝大人做成一道菜？事情的起因是這樣的，石敬瑭本想著好好地孝敬耶律乾爹，沒想到自己不爭氣，先老子而死，帶著一身罵名到陰間報到去了。他死後，接班人石重貴有些膽大包天，名義上同意給耶律德光做孫子，暗地裡拒絕承擔做孫子的義務，不想繼續納貢稱臣。這下耶律爺爺不高興了，如此不肖的孫子留之何益？當即點齊五萬兵馬，浩浩蕩蕩地殺奔孫子老巢，三兩下滅了後晉小朝廷，將孫子的地盤據為己有。

耶律德光對中原大地早就垂涎三尺，如今美夢成真，當他穿梭在後宮佳人之間時，有點感慨：「做老子再好，也不如做自己，不然何以享受到如此美人佳麗？」當然，身為草原民族後代的他，固然英明有為，不過這樣的文人話語還是說不出口的，他要做的，就是日夜尋歡。

耶律在後宮忙碌，他的將士們也不閒著，燒殺掠奪，貫徹著契丹族人對中原人的一貫政策，希望既可以搶奪所有財務，又能以武力震懾他們，讓他們俯首稱臣。然而很快耶律皇帝和他的將士們就發現，中原人根本不把他們當盤菜，不像石敬瑭父子那般孝敬，這些人也不知從哪弄來的武器裝備，組成各式各樣的抗擊小分隊，神出鬼沒，夜出晝伏，靈活機動，戰術多變，專門打擊契丹軍士。結果耶律德光的人馬在後晉才待了一個月，清點一下人數，憑空蒸發了兩千多人。

人間蒸發，這是恐怖事件，耶律德光也覺得不對勁，更讓他頭痛的是，中原大地上忽然間冒出無數高級刺客，專門以刺殺他為最高目標。耶律越來越坐不住了，脫口而出：「沒想到中原人這麼難以管理！」

這時老天爺幫忙，天氣越來越熱，實際上已經到了六月天，是一年中最熱的時候。耶律長期生活在北疆草原上，從沒有見識過如此炎熱，從頭到腳，從皮膚到內臟，都像是被火燒焦了一樣，坐立難安。無奈之下只好宣召：「回國，探視太后去。」逃跑被冠之孝敬美名。

人想跑，病卻沒有絲毫逃走的意思，耶律渾身上下的燥熱感更嚴重了。太醫被叫到床前，把脈診病，看出毛病來了，不過似乎有難言之隱，顧慮重重地說：「皇上，您患了熱病，最好……最好，遠離女色，否則……」話音未落，耶律皇帝勃然大怒，抬腳踢倒太醫。

耶律德光從後晉宮中逃跑時，帶出來好幾十名嬪妃，他日夜尋歡作樂，在某天走到一片樹林中時，突然口吐鮮血，一命嗚呼。這片樹林也因此沾光，被中原人快樂地取名「殺胡林」。那麼多高手想殺的人，竟然被這片小樹林子要了命。

因為皇帝是有權駕馭天下和支配任何人的，這樣的人物去世，如同天塌地陷，故此被榮譽地稱呼為「駕崩」，形容江山社稷少了支柱。駕崩並不是一個皇帝的最後歷程，還有更隆重更重要的事情等著他：安葬。在中國歷史上，一個人當了皇帝，身後事就被提上議事日程，開始動工修建陵寢。皇帝的墓地叫陵寢，這是區別其他人的一個地方，每個皇帝的陵寢會修建很多年，比如秦始皇的陵寢，從他做了秦王開始修，到他死了還沒有修好。

想想很奇怪，皇帝被稱作「萬歲」，意味著不死長生，卻偏偏特別在意自己的身後事，這是不是一種巨大的矛盾？在這種矛盾中生活，應該有種沮喪的情緒揮之不去。也許是為了消除不良情緒，皇帝們除了將陵寢修建的超級豪華，安放進各種稀世珍寶外，還會殺人殉葬。成吉思汗死後，大臣們押運著他的屍體回京，一路上見到活物就殺，不論人、畜，據說這是他們民族的習慣。

現在我們看看耶律皇帝駕崩後，會發生哪些事。因為他死在路上，可嚇壞了隨行的大臣將士，第一反應就是將消息送回國內，通知太后大人，也就是耶律的母親。當她聽說兒子客死異鄉時，立刻發出命令：「生要見人，死要見屍。」好像她不大相信兒子突然病死的消息。

太后的命令傳回來，大臣將士們更害怕了。別忘了時值六月天，任何東西都很容易腐爛，別說一具屍體了。

「怎麼辦？」「怎麼辦？」殺胡林裡沒有痛哭聲，只有焦躁的詢問聲，大家都想保住皇帝的屍體，間接地想保住自己的一條命。危急關頭，本文開頭提到的兩位廚子之一隆重登場了，為什麼只有一位？因為另一位早被耶律砍了頭。這位倖存者說：「依我看，將皇上做成羓，可以完成太后的使命。」

眾人一聽，頻頻點頭，都覺得這是好辦法。什麼是羓？這是游牧民族發明的食物，他們喜歡吃牛羊肉，可是到了夏天牲畜豐美時，宰殺牛、羊太多，往往吃不掉，為了防止腐爛，他們就將牛羊的內臟掏空，灌上鹽水醃製。這很像中原地區的臘肉。看到這裡我們明白了廚子的主張。

皇帝身後事，被一位廚子料理了，這是前所未有的事情。要知道泱泱華夏大地，別說皇帝，就是一般百姓，死了也是件莊重的事，從沒聽說過廚子參與治喪的道理。雖說契丹人尚未開化，那些大臣、將士們還是有些惻然，眼睜睜看著廚子手起刀落，俐落地切開耶律德光的屍體，收拾乾淨裡面的內臟污物，撒上鹽巴，不到半個時辰，一具清潔完整的羓做成了。此羓非彼羓，為了以示隆重，大臣們為其取名「帝羓」。為了以防萬一，他們又將帝羓直接放到密封的罈子裡，這樣的話，腐爛菌侵蝕的可能幾乎降到了零，比起埃及木乃伊都要安全得多。

帝羓順利抵京的日子，太后親自主持招魂儀式，當然要打開罈子最後看兒子一眼。當她老人家看著兒子裡外三層地蓋滿鹽巴時，會不會想：「下輩子你該改行去賣鹽了，不用本錢進貨，真是一本萬利的好買賣！」

國家圖書館出版品預行編目資料

龍袍怪物——正史中的那些另類皇帝／楊書銘著.
——第一版—— 台北市：宇河文化 出版；
紅螞蟻圖書發行，2010.12
面　　公分——(Discover；24)
ISBN 978-957-659-820-3（平裝）

856.9　　　　98023730

Discover 24

龍袍怪物——正史中的那些另類皇帝

作　　者／楊書銘
美術構成／Chris' office
校　　對／楊安妮、鍾佳穎、周英嬌
發 行 人／賴秀珍
榮譽總監／張錦基
總 編 輯／何南輝
出　　版／宇河文化出版有限公司
發　　行／紅螞蟻圖書有限公司
地　　址／台北市內湖區舊宗路二段121巷28號4F
網　　站／www.e-redant.com
郵撥帳號／1604621-1　紅螞蟻圖書有限公司
電　　話／(02)2795-3656（代表號）
傳　　眞／(02)2795-4100
登 記 證／局版北市業字第1446號
港澳總經銷／和平圖書有限公司
地　　址／香港柴灣嘉業街12號百樂門大廈17F
電　　話／(852)2804-6687
法律顧問／許晏賓律師
印 刷 廠／鴻運彩色印刷有限公司
出版日期／2010年 12 月　第一版第一刷

定價 220 元　港幣 73 元

ISBN 978-957-659-820-3　　Printed in Taiwan